はじめに――今、なぜ、石川淳か？

山口俊雄

小説があまり読まれなくなって久しい。ずいぶん[illegible]わった」「文学は終わった」という声もひんぱんに聞く。そんななか、とり[illegible]て知られる石川淳（一八九九〜一九八七年）を、今なぜあらためて取り上げる[illegible]再読を求めているからである。

グローバリズムと新自由主義（ネオリベラリズム）[illegible]しまっている今日の、このどうしようもない閉塞感の蔓延《まんえん》、格差・分断の拡[illegible]義と言うが、いったい誰にとっての自由か。それはあくまでも資本にとっての――[illegible]して人にとっての自由ではない。今、本物の自由が得がたいものになってしまっているのはまちがいあるまい。本物の自由はいったいどこへ行ったのか、どこにあるのか、どこに求めればよいのか。

このような問いが浮上しているなか、自由のセンスに貫かれた石川淳文学に触れることの意義がこれまでになく高まっていると言ってよい。石川淳を読んだことのある人にも読んだこと

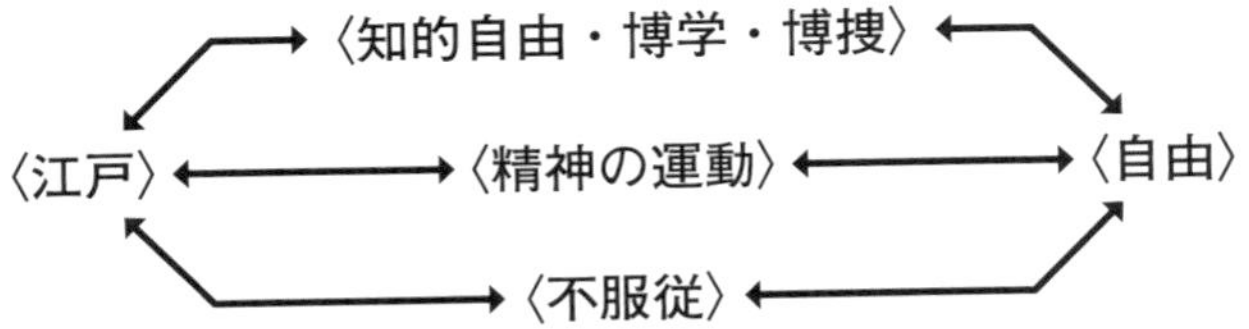

のない人にも、この閉塞感に満ちた現在を相対化し、できれば脱出の手立てを考えるために、今、あらためて石川淳を読むことを提案するのがこの書籍である。

とはいえ、難解と言われがちな石川淳文学である。たとえば、太宰《だざい》治や坂口安吾《あんご》、織田作之助らとならぶ無頼派（新戯作《しんげさく》派）のひとり、という文学史的な知識を持っている人は多くても、実際に石川淳の作品を読んだことのある人は、太宰や安吾に比べてぐっと少ない。知られている割には読まれていないというのが、紛《まが》うかたなき石川淳をめぐる現実である。

そこで、石川淳の五十年以上にわたる作家活動、広範な作品群を貫く特徴について、あえて蛮勇をふるって早わかり図に整理してみよう。すると上のようになるだろうか。

説明していこう。

石川淳作品を説明するためのもっとも重要なキーワードは〈自由〉であ

る。

それはまずなによりも精神的な自由、〈知的自由〉であり、西洋文学（とくにフランス文学）、漢籍、日本の古典、そして文学以外の文献も含め、知的関心の赴くまま、古今東西の書物の世界を自在に渉猟するという営みのことである。

このような知的精神的なスケールの大きさが反映されたその作品群は、文学史の見取り図のなかに容易に収まらず、石川の訃報を伝える新聞記事の見出しに、「高踏・孤高　文学界の最長老　石川淳氏死去88歳」（「東京新聞」朝刊、一九八七年十二月三十日）、「石川淳氏死去　前衛的作風　孤高の文人」（「読売新聞」同）と、「孤高」の文字が躍ることにもなった。

しかも、石川淳は知の自由な旅人というだけではなかった。〈博学・博捜〉は時に知の蓄積の重みのせいで人を不自由にすることもあるだろう。ところが、石川淳は〈精神の運動〉を重んじ、停滞することをなによりも嫌った。該博な知をふまえながらも、鈍重さとは無縁である。このことは、石川淳の作品の言葉、その言葉の連なるダイナミズム、軽快さに明らかである。

そして、〈自由〉を重んじ、なにものにもとらわれないことを優先するとなれば、目の前にある不自由・窮屈さに黙っていることはできないだろう。石川淳の作品には、不自由への〈不服従〉、とらわれからの自由を求めずにはいられない者の精神のありようが顕現している。

戦時下の言論統制で自由な執筆がままならないなか、石川淳は〈江戸〉に留学した。これはまず第一に同時代への〈不服従〉の実践であったが、その留学先で〈知的自由〉を体験し、江戸人の〈精神の運動〉に触れることになる。

もちろん〈江戸〉に行きあたって石川淳がただそこに停頓してしまうことはなく、〈江戸〉で獲得したものをみずからの小説作法に持ち帰り、作品世界を広げることになる。

ざっと以上のように早わかり的に整理し得る石川淳の文業・作品世界について、もっと具体的に掘り下げながら紹介するために、本書では、石川淳や江戸文学に詳しい執筆者五名が集まり、さまざまな角度から石川淳の世界に誘《いざな》う五つの章を用意した。

この息苦しい現代を相対化するために、根本に〈自由〉を据えた石川淳の魅力的な文学世界にぜひとも読者の皆さんをご案内できればと思う。

各章の冒頭に、その章の内容を編者・山口が簡単にまとめた文章を用意したので、興味を惹《ひ》かれた章から読み始めてもらってもよいかも知れない。

また、付録の「読書リスト　石川淳作品一二選」もブックガイドとして活用して頂きたい。

目次

「狂風記」の重層的構図
大河ドラマ「花の生涯」からの着想
「狂風記」と一九八〇年代
パロディーの創造性と批評性
おわりに――古くて新しい〈人間観〉

第四章　石川淳流〈不服従の作法〉――山口俊雄

――「マルスの歌」

繰り返し言及される「マルスの歌」
流行歌、映画、噂話――メディアを通じた総動員
流行歌／映画／富士山／戦時下の噂話
登場人物たち
冬子／帯子／演技性・メディア性・シャーマン性／死／
美しきシャーマンたちとして／相生三治

第五章　たとえば「文学」、たとえば「佳人」――――鈴木貞美 183

――総合的石川淳論の方へ

第一章
絶対自由を生きる

田中優子

この章は、石川淳の文学世界についての総論。「はじめに」で述べた石川淳の世界を成り立たせている要素、〈自由〉〈不服従〉〈知的自由・博学・博捜〉〈精神の運動〉〈江戸〉について、石川の「普賢」「江戸人の発想法について」「至福千年」「天馬賦」「秋成私論」『江戸文学掌記《しょうき》』といった重要な小説・評論にふれつつ、具体的に、相互に関連づけながら紹介する。

学生運動を描いた小説「天馬賦」（一九六九年）への言及からはじまるこの章では、執筆者・田中優子氏の学生運動体験や大学時代に石川淳作品とどのように出会ったかが語られ、出会ってしまった以上、自身が〈精神の運動〉を実践し、絶対自由を受け継がずにはいられないということが述べられる。

同時代性や具体的な体験から石川淳の全体像へ。田中氏の体験を追体験しながら、石川淳の世界へと足を踏み入れて頂きたい。

（山口）

「天馬賦」に見る絶対自由

「自由」というものを私たちは想定することができる。たいていの場合は、「自由がない」状態を想像するか、あるいは実際にさまざまな不自由を感じている時に、「今、この状況ではない自分」を空想するかして、そこに「自由」をみいだすのである。つまり、不自由によってようやく相対的な自由を想《おも》うのみで、それはつねに相対的であり、程度問題なのだ。したがって絶対の自由など、考えることはできない。

しかし、石川淳は考えた。考えたばかりか、それをめざした。石川淳の執筆の日々そのものが、絶対自由への道であり、それなしでは、彼の方法である「精神の運動」ははたらかないのである。その自由の精神はそこかしこに出てくるのだが、一九六九（昭和四十四）年の作品「天馬賦」は、まさに「絶対自由」が記述された。

ヒユーマンとはなにか。さだめて人間どうしの心情上の交渉に於て、かなしみ、よろこび、愛、にくしみなんぞの性格をさしていふことだらう。絶対自由の精神の目から見れば、これすべて意味おぼろげな雑念のみ。［略］絶対自由はきびしい条件をもち、精神の運動は苛烈な作用をする。個人は自己にも他人にも心情上残酷であることのはうにかたむくほかない。黙示録とヒューマニズムと退引ならずぶつかりあふのが個人の生活の中とすれば、ここはどうしても残酷といふ美徳が音をたてて花ひらく場であつた。

この「絶対自由」の希求は民主主義や社会主義の話ではなく、「アナバプティズム運動」の形を取って語られる。アナバプティズムとは、ローマ帝国が公認した権威ある教会組織としてのキリスト教に従わないことで、それ以前のイエス・キリストの生き方とその共同体に戻ることを主張する運動である。言わば「原理主義」だ。アナバプティストたちは二度目の洗礼をおこない、決意も新たに福音書を去って、黙示録の世界に信仰を移すのである。かつてトマ・ムンツェルという人がいて、この人はアナバプティストであったことを理由に斬首されたという。

そのアナバプティズムについて講演をしたり書いたりしている瓦大岳という義足の高齢者がおもな登場人物だ。そこに一緒に暮らすイヅミという名の大学生の孫がいる。イヅミは家の大部屋に若者たちを集めてなにやら計画をしている。若者たちの描写はいかにも、この作品が書かれた一九六〇年代末の「活動家」である。テレビニュースの描写があるが、それもまたゲバ棒がもみ合いやがて機動隊が大学の門の前で学生たちを棒で打ちすえる、当時おなじみのシーンだ。瓦大岳は「どこの政府でも好んで使ふ支配の手段はテロリズムだといふことだよ」「このわるい仕掛を根本的にほろぼすためには、そもそも政府といふものにこの地上から消えてもらふほかない」と言う。

この石川淳のアナーキズムは、どこかで読んだような気がした。そう思い出した。ずばり「革命とは何か」という一九五二（昭和二十七）年に発表されたエッセイで、『夷斎俚言《いさいりげん》』のなかに入っている。一九五二年は敗戦七年後である。

もしこの国に無血革命といふものがおこなはれうるとすれば、負いくさはけだし千載一遇の絶好のチャンスであつた。〔略〕すなはち、このことが今日はもう不可能になつたと考へるよりも、できるだけすくない人民の流血の量をもつて、今日でもまだ可能だと考へたはうが、歴史条件に於て妥当であり、精神の運動にとつて便利だといふ意味だよ。

その革命は、社会主義革命でも共産主義革命でもない。敗戦直後に可能だった民主主義革命として、石川淳はこの随筆のなかで大統領制への移行を挙げている。主義主張ではない。あくまでも「できるだけすくない人民の流血」を前提にした時、少ないどころかまったく流血しない革命の方法として例示しているのだ。なぜそれが必要だと考えたか。「今日の政治は他国の人民をではなく、じつに国内の人民を敵と見て、官兵の棒をもつて悪法の下にこれを合法的に迫害しようと」しているからだ。「国をほろぼしても権力は手ばなしたくないといふ下司どもの暴力的政治」がおこなわれている、と石川淳は認識していた。一九五〇（昭和二十五）年、朝鮮戦争勃発。ＧＨＱは沖縄の恒久的な基地建設開始の声明を出す。警察予備隊、つまり現在の自衛隊が発足。ＧＨＱの命令によってレッド・パージが決定され、東京都内の一一の大学が反対のストライキを決行する。一九五一年、日米安保条約が調印される。一九五二年、安保条約発効。メーデーでは皇居前においてデモ隊と警察が衝突する。破壊活動防止法が公布される。つまり歴史的な事実としては、このような事態が進んでいたのである。

ちなみに日本にはなぜ大統領制が導入されないかといえば、天皇制が憲法に明記されているからである。天皇制と大統領制は相容《あいい》れない。したがって天皇制の廃止をともなう大統領制への移行は敗戦直後が「千載一遇の絶好のチャンス」だったわけで、そのあとは次第に難しくなり、戦後七十五年の今となっては、ほとんどの人がどうでもよい、と考えている。しかし、「国をほろぼしても権力は手ばなしたくないといふ下司どもの暴力的政治」はなくなったのか？　国民のほとんどに直接の投票権がないまま「国をほろぼしても権力は手ばなしたくない」首相が決まる、という仕組みは変わったのか？　なにも変わっていない。

一九六九年の「天馬賦」に戻ろう。一九六九年という年は、一九七〇（昭和四十五）年の安保条約改定に向かって激しく動いていた年であった。時はベトナム戦争のまっただなかである。一九六八（昭和四十三）年一月、ベトナム戦争ではたらく原子力空母エンタープライズが佐世保に入港し、激烈な反対運動がおこなわれた。ベトナム戦争反対運動は米国でも日本でも盛んになっていったが、そのさなか、日本大学で巨額の使途不明金が発覚し、日大全共闘が結成された。東京大学では医学部インターンの誤認処分をきっかけに医学部が安田講堂を占拠し、大学が機動隊約一二〇〇人を構内に入れる。機動隊導入に抗議して法学部を除く全学部がバリケード封鎖に入り東大全共闘が結成された。同じ頃、パリでは学生・労働者による一〇〇〇万人のデモがあり、それはドイツ、イタリアに拡大していく。十月の国際反戦デーの集会後には新宿駅にデモ隊が乱入し、「騒乱罪（騒擾罪《そうじょうざい》）」が適用される。年があけて一九六九年一月、東大安田講堂を約八五〇〇人の機動隊が攻撃し、二日間に及ぶ攻防が繰り広げられた。この頃、日本の主要な国公私立大学の八〇パーセントに相当する一六五校が全共闘による闘争状態にあるか、全学バリケード封鎖をしていた。「天馬賦」は、そのような日本の状況下で連載されたのである。

石川淳は、しかしながら学生の背後にある政治党派にも、ソ連の共産主義にも、マルクス主義革命にも関心を示していない。なぜなら、「支配力を核としてもつやうなすべての組織は、それが革命をうたふ党の組織であつても、自由にとつては敵にほかならない」からである。「絶対自由の精神は権力といふものをにくむ」からである。ではどうすればよいのか。「生活上の律法は天からふつて来るのでもなく、つよいやつらから押しつけられるのでもなく、一回的にしか生きることのできない自己に於てぎりぎりに発明するほかない」のだ。これらの内容を大岳はアナバプティストを例に挙げて人々に向けて講演する。そして大岳は、こんどはイヅミたちに向かって言う。

今日のヘルメットにはすでに個は無い。あるものは集団だ。そこには個はおろか人間すら無い。機械の集団。［略］武装人間は今日はやくもロボットにひとしい。統治の手段としてのテロは今や機械だ。これこそ暴力そのものではないか。しかも、正当化された暴力。

ちなみに、この時代を知らない方々は、なぜここに「ヘルメット」が出てくるか不審に思われるかも知れない。日本の主要な国公私立大学の八〇パーセントの大学の構内、あるいは三里塚（成田空港の建設地）などでは、全共闘運動をしている学生たちは皆、ヘルメットをかぶっていた。その理由は、ほかの学生の角棒や石や機動隊のこん棒がどこから飛んでくるかわからないからである。ヘルメットには白、黒、赤、青などがあり、色で党派が区別され、さらに細かく、そこに書かれた文字でも所属が区別できた。ただし、やはり運動をしていた共産党青年部（日本民主青年同盟）の学生たちはヘルメットもかぶらなければ長髪にもしていなかった。したがってヘルメットをかぶっていた当人から見れば、その有無で集団性の強弱をはかることはできないはずだ、ということになる。

当時のことをふりかえって書いた二〇一一年刊行の私自身の文章がある。ヘルメット側から見れば、集団性はやはり欺瞞《ぎまん》として見えていて、その象徴は共産党青年部の学生たちの「スタイル」だったのである。

その刈り込んでシャンプーの匂いがする清潔な髪や、アイロンをかけていそうな白いシャツや、利口そうなメガネや、「僕、暴力は反対です」と、自分だけは正しいと言わんばかりの自信のある口ぶりや、女性なら黒い（染めていない）おかっぱの髪に化粧気の無い張りついたような笑顔や、頽廃のたの字も感じさせない努力家であることが、こよなくいやだった。（「『いかがわしさ』『頽廃』『死』」『ちょっと長い関係のブルース―君は浅川マキを聴いたか』）

ヘルメット側にはそれなりのスタイルと生き方があり、それはヘルメット世界においても二分されていた。ひとつはまさに集団性をもって政治闘争の駒と化し、大学の自治会費を党に送り込む役目を果たしていた「セクト」の学生たちである。もう一種はセクトに所属せず、大学の存在意味を問う「存在のあり方」闘争を展開していた学生たちである。いわゆる「全共闘運動」は後者によって担われていた。しかしながら、それは組織を持たない脆弱《ぜいじゃく》なものであり、結局、雲散霧消するしかなかった。後に残ったのはセクト主義による殺人と暴力だった。組織を持たないノンセクトの学生たちは、学生運動のなかでも、政治党派から見ても、社会から眺めても、いかにも貧乏くさく「いかがわしい」ものだった。当時の価値観を私は以下のように書いた。

今から振り返ると、この「いかがわしさ」が、全共闘の重要な部分だったような気がする。暴力学生と言われたが、暴力が重要なのではなく、むしろ被差別やアジアの貧しさの上に成り立つ経済成長や上昇志向や健康な成長神話を疑い、それには従わない、という不服従の方に力点があった。不服従のなかには、権威を笑い飛ばそうとする「笑い」や、頑張らないという「怠惰」や、自己否定からくる「悲哀」「衰微」、そして近代西欧社会の前向きな姿勢に抵抗感をもち、地に足をつけてものごとを考え直そうとする「後ろ向き＝回帰」とがあった。（同書）

一九六九年、高校生の私はまだ石川淳を読んでいない。しかし後に読むようになって気づいたのは、一九七〇年代に私が体験した学生運動は前述のように「いかがわしさ」「笑い」「怠惰」「悲哀」「後ろ向き」というスタイルを持った「自由」をたしかに希求していた、ということである。同時に、同じ学生運動を担ってはいても、党派は「権力」によって学生たちを囲い込もうとしていた（現在でもそういう動きはある）ということだった。やがて権力志向の集団どうしは互いに力（具体的には学生たちが払った自治会費という金）をめぐって角棒を持って殴り合い、ついに殺人事件が起こる。その最終的な形が、仲間同士で殺し合った連合赤軍大量リンチ殺人事件であった。運動への社会的関心は後退し、「高度経済成長」の終着点であった成田空港が完成する。

では絶対自由のもとにはなにが起こるのか？　大岳は言う。「絶対自由の旗の下にひとがあつまれば、そこに運動がおこり力が出る。この力は権と完全に縁がない。［略］ひとりぼっちの人間が三人むすびついたとしたら、そこが力のみなもとだ」と。学生運動の定番となったヘルメットと角棒の集団は集団でしかないが、絶対自由が動いていくとなると、孤立したものどうしの破壊力の自発的集結、ということになる。それを「天馬賦」では、「飛剣」として表現したが、勝つわけはなかった。イヅミは顔を切られ、立ち去って行く。

精神の運動と絶対自由

一九五二年と一九六九年の間には、もう一回、闘いの時代があった。一九六〇（昭和三十五）年の安保闘争である。まさにその一九六〇年の二月、石川淳は「東京新聞」に「自由についてて」という三回の連載をしている。一回目にはこう書いた。「みづからすすんで自分を強制したといふことは、みづからさうする自由をもつたといふことにほかならない」――具体的事例としては、少しの金しか持っていない男が空腹に耐えかねてパンを買おうとするが、同時にどうしても読みたい本があったとする。その男は誰に強制されるのでもなく、本を手に取る。これが自由の具体的意味だ、と。しかしそこにぐれん隊があらわれ脅されてボクシングの切符を買わされたとすると、自主的におこなったと錯覚したとしても自由の喪失である、と。その文章の結末にこうある。

アンポカイテイと称する軍事同盟。政府のいひぐさに依ると、これには日本の自主性があるといふ。日本の名に於て、自主といふことばを使ふ権利をもつものは、人民のほかにはゐない。人民がほとんど知らないうちに、でつちあげられたこの謀略に、何の自主があるのか。

つまりは六〇年安保改定を、ぐれん隊に脅されてボクシングの切符を買ったようなものだとし、国民は自分たちの自主性だと思わされている、というのだ。第二回の連載はさらに過激で、日本には政治家がいないだけでなく政治上の前科者とその徒党がいて、人民に腹を切らせる旧悪の手口は忘れず、人民の自由を売りわたす証文に判コをおしに行くために海を渡り、雑誌に反歯をむき出してにたにた笑う顔がグラビアを飾った、とカリカチュア漫画のように書いた。この戦犯容疑者であった反歯の主は言うまでもなく、前首相・安倍晋三の祖父、岸信介である。このように石川淳の「絶対自由」は一方で散文における「精神の運動」の条件であり、もう一方で現実生活における政治批判の基盤であった。政治批判につながるのは、とりわけ軍事に向かう政治が精神の運動と自由を妨げるからにほかならない。したがって批判のための批判に興味はなく、それを自分の役割だとは思っていない。折々に書く政治に関する言説は、自由を阻まれたやむにやまれぬ言説に思える。一国の政治は弾圧と軍事にかかわる時、人の自由を限りなく侵犯する。

しかしなによりも、「絶対自由」は人間の生き方についての思想であった。「みづからすすんで自分を強制したといふことは、みづからさうする自由をもつたといふことにほかならない」という。石川淳の自由という言葉はしばしば「強制」という言葉をともなう。これは肉体や心理を超えて、精神が自由を選択する時、肉体（たとえば空腹感）や心理（たとえば感情）を、精神に従わせる強制という意味で、みずからによるみずからへの強制である。それをしないと、脅しによる恐怖や快楽による権力の希求に、鼻面を引きまわされることになる、というわけだ。

「天馬賦」の前に石川淳は「至福千年」（一九六五～一九六六年）、「鸚鵡石《おうむいし》」（一九六六年）、「無明」（一九六六年）を書き、「天馬賦」のあとに「武運」（一九七〇年）を書いている。

「至福千年」は黒船来航後の江戸を舞台にしており、大川（隅田川）の水を中心に、更紗《さらさ》職人、俳諧連中、猿若町《さるわかちょう》の芝居、新町の被差別民世界、両国橋ぎわの見世物小屋、飛鳥山《あすかやま》、染井村、高田富士を縦横に使った江戸長編小説である。題名からわかるように、黙示録に書かれた千年王国、つまり最後の審判に至るまでキリストが直接統治する王国がまず骨格に据えられた。その王国の実現をめざす日本人キリシタンたちの暗躍が幕末にあった、という設定である。彼らは「千年会」という組織を作り、江戸に独立王国を作ることを考えている。現実の素材は一八五八（安政五）年から一八六四（元治元）年の日本の動きで、日米修好通商条約調印、安政の大獄、桜田門外での井伊直弼《なおすけ》暗殺、坂下門外の変、八月十八日の政変など、次々と事件が起こる。

石川淳の小説は、以上のような時代設定や登場人物について説明は可能だが、ストーリーをたどる、要約する、ということができない。「天馬賦」は一九六〇年代末の日本、「至福千年」は一八五八年から一八六四年の日本だ。前者は昭和、後者は江戸時代であるが、現状に対峙《たいじ》し、状況のあいまをかいくぐり続ける「精神の運動」を書いている。書いているのは物語的な成り行きではなく、「運動」そのものなのである。要約できない。時代設定や場の説明すら、時にはあまり意味がない。一九七一（昭和四十六）年から九年間にわたって書かれた「狂風記」や、一九八一（昭和五十六）年から八二年に連載された「六道遊行」では、時代が錯綜《さくそう》し、行き来する。さまざまな時代と場所に出没する運動になっていくのだ。

「至福千年」に戻ろう。一八五八年から一八六四年の激しく変化する日本のなかで、「精神の運動」は黙示録に思想の土台をおいた、「天馬賦」でいうところのアナバプティストと思われるクリスチャンたちに乗って展開する。彼らは隠れキリシタンではあるが、教会組織には属さず、個々に千年王国をめざしている。

興味深いのは、おもな乗り物が更源と呼ばれる更紗の職人であることだ。更紗に染めこまれたマリア像が被差別民の女性芸人に写しこまれ、肉体をもって顕現するシーンがある。これは「焼跡のイエス」で、主人公が、ボロとデキモノとウミとシラミの塊のような少年の顔を見た瞬間に、聖ヴェロニカのヴェールに浮かび出たキリストの顔をそこに「見た」ことに呼応している。聖ヴェロニカはゴルゴダの丘へ向かうキリストに自分のヴェールを渡し、キリストが汗をぬぐった。するとそこにキリストの顔が浮かび上がった。その布は現存しているわけではないが、絵画として描かれている。その顔が、少年に移され顕現した。そこには絵画や織物という、眼《め》で見る芸術品が社会において果たす「写し」「移り」現実化することへの考え、あるいは希求が見て取れる。

一方「書く」ほうにおいては、「普賢」で「わたし」がクリスティヌ・ド・ピザンの伝記を書き、クリスティヌ・ド・ピザンがジャンヌ・ダルクの詩を書くことで、寒山拾得《かんざんじっとく》が顕現し、文殊と普賢が顕現する。これについては後に「見立て」「やつし」という方法の問題として書くが、今ここで記憶にとどめておきたいのは、それらが単に方法として使われているのではなく、「写り」「映る」ことが「移る」ことであり、面影が実在と交差し、過去の記憶が新たな現実を引き起こす、という連鎖的運動として書かれていることだ。

「天馬賦」と「至福千年」は、教会その他さまざまな権威的な集団が邪魔さえしなければ、黙示録の記憶は歴史的な転換点において、そのたびに革命を引き起こしたかも知れない、と語っているに等しい。これを「精神の運動」から言えば、刻々とおこなわれる絶対自由の実現こそ「精神の運動」であって、その運動は絵を描くことでも更紗を染めることでも小説を書くことでも、革命を実現できるのであり、運動は多様な形を取ってあらわれる、と言っていることになる。

一九六六（昭和四十一）年の「鸜鵒石」はまさに一個の石に記憶が移り、さらにそれが別の人間の記憶となる物語だ。同年の「無明」ともなると、精神の運動が次々に剣や槍《やり》に乗り移って、鮮やかに超スピードで移動し続ける。誰がなにを感じ、なにを考えたかなど知る由もない。そういう描写は一切ない。「天馬賦」で語られたように、「集団」の象徴であるヘルメットや角棒では運動にならないだろう。爆弾や銃でも、それを使う個人の絶対自由、つまり孤独の極みを試すことにはならない。刀（短剣）の動きこそ、石川淳が精神の運動を乗せて書くことができる道具であった。

日本人は江戸時代より前にすでに多くの鉄砲を生産し、戦争をおこない、朝鮮半島においても使いこなしていた。その武士たちが江戸時代になってなぜ鉄砲を手放したか、という問題ともつながっているように思われる。石川淳の考えに沿って言えば、剣は自由と関係する。人を斬ることは自分も斬られ、あるいはみずからを斬る覚悟がいる。そのすべてを引き受けるのが「自由」だからだ。しかしなぜその連鎖を書いた「無明」は、無明という題名なのか？　無明は仏教用語で、知恵に照らされていない結果、闇に住まうことを意味する。しかし闇には実体がない。知恵が照らせば闇ではなくなるからだ。煩悩の連鎖も、ここでは精神の運動として書かれた。

精神の運動と江戸文化

私の大学の卒業論文の題名は「石川淳と精神の運動」であった。手書きの時代である。何度も引っ越ししている間にどこかへ行ってしまって内容も覚えていないが、「普賢」が中心だった。小田切秀雄のゼミで石川淳を読むといえば、察しがつくように「マルスの歌」であった。つまりは「反戦」という枠を出られない。しかし指導教員のその考え方が退屈で、全集を買い求めいろいろ読んだ。読んでいるうちに「江戸人の発想法について」に出会った。自分の未来を変えてしまう出会いだった。自分が暮らす世界とはまったく異なる世の中が、突然、眼の前に開けたのである。しかもその世界は自分の足元の日本に、つい百年ほど前まであったという。「江戸人の発想法について」は「精神の運動」を方法とする小説の書き方とは異なり、明確な仕掛けと方法と構造を持っている。「転換の仕掛」「変相の仕掛」「俳諧化」である。なにとなにが転換するのかというと、歴史上の実在と生活上の象徴である。なにが変相するのかというと、眼を開けば目前に現実の人がいるが、眼を閉じればそれが大日如来等々の、別世界の存在であることが見える、という変相である。それを図にすると次のページのようになる。

「江戸人の発想法について」(1943年)

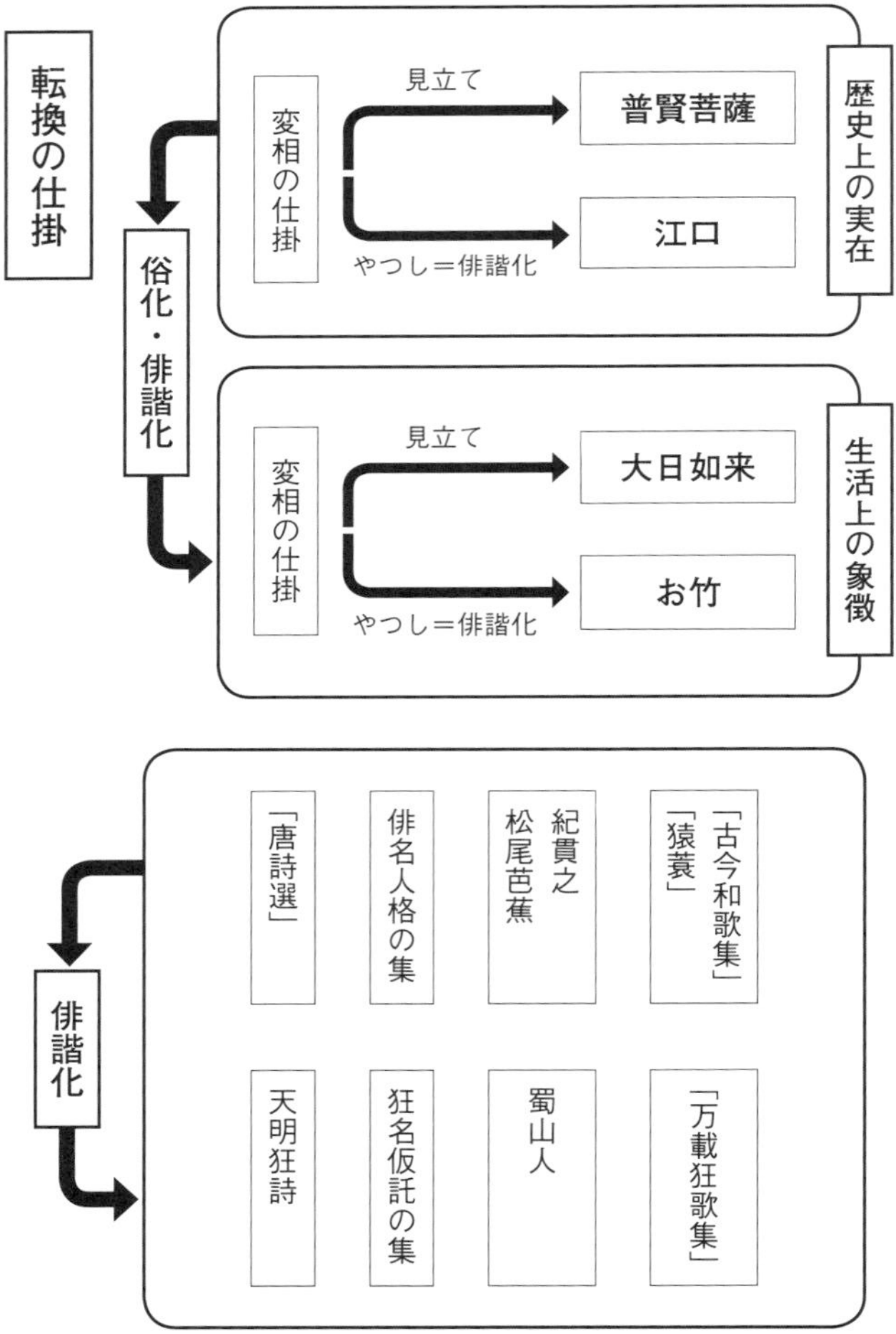

石川淳の文章では以下のように表現される。

かれらにとつて、象徴が対応しないやうな思想はなきにひとしかつた。かれらがときに無思想と見られがちである所以だらう。げんに、お竹説話に於て、われわれはそこに二重の操作しか見ない。一面は江口こそ歴史上の実在で、お竹こそ生活上の象徴であるやうな転換の仕掛に係る。また一面は眼をひらけばお竹、眼をとぢれば大日如来といふやうな変相の仕掛に係る。いはば、お竹すなはちやつし大日如来である。またお竹説話すなはちやつし仏説縁起観である。〔略〕このやつしといふ操作を、文学上一般に何と呼ぶべきか。これを俳諧化と呼ぶことの不当ならざるべきことを思ふ。

このくだりだけで十分に驚愕《きょうがく》したのだが、「江戸人の発想法について」は、このことを言いたいがために書かれた文章ではなく、「文学様式上の新発明」であるところの「天明狂歌」について論ずるのが主眼だった。天明狂歌のうち『万載狂歌集』が『古今和歌集』の俳諧化であり、「一般に、日本の歌（ただに狂歌にはかぎらず）の歴史の上で、天明狂歌とは古今集の精神の転換的運動である」と。つまりこれを言わんがためにお竹説話からはじめたのだった。文学論を書くのであれば、なぜわざわざ都市伝説からはじめるのか？　それは文学が、日々を生きる人々のものの考え方から遊離した存在ではないからである。

対比するために明治以降の事例を挙げている。具体的には「芭蕉《ばしょう》俳諧の連歌からわづかに卑近なる一句立の発句を抜き取ることとしか知らないやうな、通俗鑑賞法」であり、それは「人間と仕事しか見ようとしない外国人の文学観伝来のさもしい料簡」に由来する、と。周知のように石川淳はフランス文学者でありフランス文学の翻訳家でもあり、一時期は旧制福岡高等学校でフランス語の講師もしていた。ヴァレリー、マラルメ、バルザック、アナトール・フランス、スタンダール、ジッド、モンテーニュ、ドストエフスキー、カミュなどについての文章もある。したがってここで言っている「さもしい料簡」は、ヨーロッパ文学への真の理解のことではなく、権威の受け売りのことである。

ところでつづきである。「人間と仕事しか見ようとしない」料簡と対立するところになにがあるのか。それは仕事に対しては「運動」、実在の人間に対しては「仮託」であった。「天明狂歌は仕事ではなくて運動であり、天明狂歌師は人格ではなくて仮託」なのである。「古今集の精神の転換的運動」「天明狂歌は仕事ではなくて運動」と、二カ所に「運動」が使われている。そこれを解くために、約十年後の一九五二年に書かれた「狂歌百鬼夜狂」をめぐってみよう。そこにはこうある。

俳諧化とは、一般に固定した形式を柔軟にほぐすことをいふ。これをほぐすためには、精神は位置から運動のはうに乗り出さなくてはならない。ことばの操作についていへば、表現上の規定の中に流行を導入するために、雅言に俚言をまじへることは苦しからず。ただ技術的に重要なことは、昨日のことばに生命をあたへるやうに、また今日のことばに我儘をゆるさないやうに、雅言と俚言との緊張関係の上にあたらしい表現法を発見するといふことである。

「狂歌百鬼夜狂」は狂歌という運動と、十九世紀フランスのサンボリズムの運動とを同時に書いた文章であった。「雅言と俚言との緊張関係の上にあたらしい表現法を発見する」とは、狂歌ばかりか芭蕉俳諧もおこなったことであり、それらが「位置から運動のはうに乗り出」した実例である。一方、サンボリズムは共通の美学を持たず、固定化された価値の秩序を「否定する」ことにおいて一致した運動であり、方法は作者によってまちまちであった。しかしその両方に「運動」という言葉を使っていることから明らかなように、石川淳における「精神の運動」とは、社会的な規範や常識やジャンルと思われている位置づけ（たとえば「小説」を書く「小説家」など）にみずからを固定化することなく、絶えず、そこから動いていくことを指している。決して、集団でなにかをやることではない。すでに「天馬賦」で見たように、「ひとりぼっち」の人間が集団に依拠することなく、つねに自分の位置から脱出して動いていくことだ。この動きを「運動」「絶対自由」「変革」「革命」、どう表現してもいいだろう。ではそこに、動いていくための「方法」はあるのだろうか？

それが「江戸人の発想法について」のなかで二十歳の私が「見てしまった」驚くべきことである。つまり、江戸時代にはその方法があった、と石川淳は言っているのだ。それが俳諧化の方法であり、その方法によってものごとや言葉は変相し転換する。「俳諧」という言葉を文学ジャンルの用語だと思い続けていればことの重大さは見えない。また俳諧というジャンルを歴史的にたどるだけでは、せいぜい「古今集にも俳諧歌があった」とか「中世にも連歌があった」とか「俳諧とは滑稽の意味だ」と言うだけで終わる。「連」に注目するとさらに、平安時代の「宴《うたげ》」からはじまって座や社や会などの類例を挙げることになる。歴史をたどってみることは必要だ。しかし俳諧化はその歴史の積み上げだけでは説明ができないのである。つまり江戸時代の人々は、その歴史の経緯によって彼らが受けとったさまざまなものの成り立ちのなかに、「方法」を発見し、意識化し、取り出したのである。発見して方法化した、と言ってもよい。これは、リンゴが落ちるのを見て重力を発見したり、落雷から電気を理解し応用したり、という自然科学の発見とその記述化に似ている。存在しないものを創り出したわけではなく、すでに存在しているものに潜んでいる方法を取り出し、使うことにしたのだ。石川淳は、「彼らは方法を知っていた」と伝えてくれたのだった。ではなぜ江戸文学・文化の専門家たちはそれを伝えてくれなかったのだろうか？　学問の世界では人間が「分野」に分類され、そこから出るな、と言われるからであろう。

日本では漢字の表記から仮名が生まれた。仮名が生まれた理由は、単にくずしたということではなく、そもそも「日本語（やまとことば）」が存在したので、やむにやまれず仮名表記が生まれ落ちたのである。漢字文化圏で地域の言葉を表記するためのローカルな文字が生まれたのは、日本が最初であった。周辺の漢字文化圏と比べ、約六〇〇年も早い。その後の展開は周知のとおりである。ちなみに、そのことに立ち戻ってその意味を考えてみたのが国学で、国学は江戸時代になって出現した。

俳諧化《やつし》という方法が見えるようになってくると、江戸時代という土壌にたとえば光悦・宗達《そうたつ》という大芸術家が生まれた。彼らは平安文化と、書画を含む茶の湯を俳諧化した。当道座の音楽家たちは琵琶《びわ》に代わって三味線を使い始めたが、彼らから指導を受けた遊女たちが三味線音曲を俳諧化すると、そのあとはなだれを打つように無数の派が生まれ、個性を主張して飽きることがなかった。能狂言は「傾《かぶ》く」という俳諧化によって「歌舞伎」に変転し、「世界と趣向」という仕組みができ上がって『平家物語』や『太平記』の世界を「趣向」として俳諧化《やつ》した。すなわち、石川淳が天明狂歌にみいだした方法は、江戸文化全体の方法であり、また生活上の思想でもあった。問題は明治維新以降、「人間と仕事しか見ようとしない」料簡のもとでこの方法が切り捨てられ、文化における創造が西欧追随型となり、衰弱していったことである。

「普賢」に見る江戸の方法

「江戸人の発想法について」は以上のような理由で、江戸文化論、江戸文明論とも言うべきものである。しかし石川淳は文化論、文明論を仕事にした人ではない。むしろそれを嫌った。「精神の運動」はみずからに課した（強制した）方法であり、絶対自由を求める乗り物であった。つまり文明論のための道具ではない。

しかしながら、その精神の運動と文明論の両方が、作品のなかで交差することがある。それがたとえば「普賢」だ。一九三七（昭和十二）年に刊行された「普賢」は、「わたし」が日々を暮らす現実の世界と、「わたし」が日々書き続けているクリスティヌ・ド・ピザンの物語世界が、読む者から見ればほぼ同じ比重で進み行く。クリスティヌ・ド・ピザンはフランス文学で最初の女性の職業文筆家で、一四二九年に『ジャンヌ・ダルク讃《さん》』を書いた。つまりクリスティヌ・ド・ピザンはジャンヌ・ダルクを書き、「わたし」はそのクリスティヌ・ド・ピザンを書いている。やがてわかってくるのは、「わたし」がクリスティヌ・ド・ピザンとジャンヌ・ダルクの関係のなかに、「文殊」と「普賢」を見ていることだ。そして文殊と普賢の中国における「やつし」は拾得と寒山であったことにも言及する。寒山と拾得は唐代の人物で、仏教を深く理解していた。寒山は文殊菩薩、拾得は普賢菩薩の再来とされ、多くの絵の画題となった。しかしこの「普賢」では、「この二人女のあしらひはいはばわたしの趣向に係る見立寒山拾得である。」と書いた。クリスティヌ・ド・ピザン＝拾得で、ジャンヌ・ダルク＝寒山なのである。これはすでに述べた「江戸人の発想法について」に見られる俳諧化《やつし》の構造である。

全集に入っている作品で言えば二十二歳の時に書いた「銀瓶」から「普賢」まで小説は一六編ある。そのなかで三十六歳の時に書いた「佳人」から、「精神の運動」と呼ぶ方法で書くようになる。しかし「普賢」に至るまで、その精神の運動が、現実世界と物語世界の二重性、普賢利生記《りしょうき》や中国詩人を交えたやつしの構造を巻き込んで成り立っている作品例は「普賢」のほかにない。石川淳は二十二歳から「普賢」を書く三十七歳までの間にアンドレ・ジッドを愛読し翻訳をしている。アナトール・フランスやモリエールの翻訳も刊行し、マラルメやシュルレアリスムに言及している。ジッドの『贋金《にせがね》つくり』は、作中に「贋金つくり」という作品が登場し、主人公がそれを書き続ける、という方法をとっている。「普賢」の複層的な構造に大きな影響を与えたであろう。そしてなんと言ってもこの時期、アナキストたちとの付き合いが深い。

「絶対自由」は石川淳にとってものを書く目的であり、「精神の運動」はそれを確保しつづけるための方法なのだが、つねに自由でいるためには、方法への拘泥は脱ぎ捨てていかねばならない。作品のなかに作品をおき、それを書く「わたし」を突き放しながら言葉が進んでいく。しかしそこにあるのはフランス文学の方法だけではなかったのだ。「綱」という名の、「わたし」を現実の色欲に結びつける象徴たる女や、政治の象徴、金の権化、そして破滅そのもののの「庵文蔵」という「わたし」の分身は、すべて現実世界に蠢《うごめ》いている。たしかに小説を成り立たせるのは現実世界をおいてほかにない。しかし同時に、この現実世界とピザンの物語世界を結びつけているかなめが、この作品には設定されている。それが庵文蔵の妹の「ユカリ」だ。

ユカリは政治運動にまい進している。「わたし」の頭のなかでは、ユカリはジャンヌ・ダルクのやつしだ。ジャンヌ・ダルクとユカリはこの作品のなかで「革命物語」を形成している。しかし、革命物語は現実生活のなかの「政治」と結託すると、たちまち腐臭を放つ。その描写が、「皮膚は黄ろく荒れすさみ、雀斑のしみは非情の刻印を打ち、瞳は慳貪に燃え唇は呪詛にゆがんで」という、警察から逃れてゆくユカリの描写である。「天馬賦」のイヅミは顔を切られながらも、その位置を離れ運動のままに次の世界に移って行く。まさに「天馬」となった。しかし「普賢」のユカリはどうやら政治の世界にひきずりこまれて夜叉《やしゃ》と化した。ユカリのふたつの側面「革命」（運動）と「政治」（固定された位置）が、「普賢」のもうひとつの物語構造なのである。革命は自由への方法であるはずだが、つねに政治に堕していく。

「わたし」は庵文蔵・ユカリという退廃をみずからのなかから分離し、「普賢」すなわち「言葉」に出会い、そこからもう一度出発する。「普賢」はまさに石川淳にとって新しい方法を獲得したきわめて重要な作品だと言えるだろう。「江戸人の発想法について」は、「普賢」のような小説の発明がまずあり、そこから江戸時代のなかに方法と構造を発見したのではないか、と思う。石川淳の発想法のなかに江戸人の発想法があり、みずからの方法を言葉にしたところに、江戸人との出会いがあった。江戸文化の研究者から江戸文化の方法が見えなかった理由は、みずからの自由をかけた方法の闘いが、研究者のなかには育ち難いからであろう。

一九五九（昭和三十四）年の講演録「秋成私論」も、江戸時代の方法について重要なことを述べている。ここでは「両端をたたく」という言葉を使っている。「普賢」には現実世界と物語世界が設定されたが、その方法から上田秋成の『雨月物語』を見ると、実在の世界と非実在の世界が見えたのだ。石川淳は『雨月物語』が、非実在の世界からもこちらを眺めている、そういう方法を持っていることを発見した。

まん中に闇があって、そこに向う側からときどき首を出して来る。そういう世界を設定したようにでき上っております。これは実在の世界と未知の世界という二つの配置があって、同時にその双方に関係する、つまり論語にいう「両端をたたく」。端が二つあって、それを同時にたたかなければならない、そうしなければ世界像は完全につかめない。そういう世界観です。

決して江戸時代一般の方法として論じているのではなく、以上の点が今までの読本《よみほん》とはまったく異なる点であった、と言っているのだ。しかし同時に、秋成だけではない、とも言っている。山東京傳《さんとうきょうでん》は実在の世界と遊里の世界を同じ重さで設定し、それによって洒落本《しゃれぼん》を変えたと評している。

その生活が遊里に於て理想の別天地を見つけ出して、これを洒落本という文学形式に打ち出した。後世は京傳の洒落本に依って遊里の意味を納得させられることになります。

現実世界のなかで、別の世界をどのように作り出すことができるか。まさにそこが文化創造の意味である。それは物理的に、ということでもない。遊郭は実際に存在した。しかしそれを、明確な評価基準をもって書くことで、遊郭が文化のなかで占めていた位置を、後世の人間は理解することができる。西鶴も山東京傳もそれをおこなった。言わば、浮世草子や洒落本は文化論としての役割も果たしたことになる。

そこで、石川淳が東西の文学を評価する際の評価基準が気になる。今まで見てきたように、それは学者や評論家が評価するのとは異なっている。みずからが散文の方法として創り出し、あるいは放棄してきた方法、すなわち命綱そのものが基準になっているのだ。古今東西を問わず、評価は文化を作ってきた。たとえば利休は、みずからの茶の湯の席を創造するために茶碗《ちゃわん》を選び、茶杓《ちゃしゃく》を選び、花入れを選び、釜を選んだ。利休を境に利休好みが茶席を変えた。この場合も評価は、一歩飛びのいて客観的に、自分は傷つかない位置でなされたわけではない。評価そのものが自分の存在を問うことになった。

石川淳の文学評価は、それそのものがみずからの方法を問うのである。「秋成私論」は、ひとつには、秋成の視点の中心がひとつではなく、両端双方から見るデュアルな視点を持っていることを評価している。ということは、石川淳はその方法を自分の方法にもしている、ということだ。「普賢」もそうであるが、「狂風記」も「六道遊行」も、複数の世界が設定され、そこから複数の視野が組み立てられている。

「秋成私論」はもう二点、重要なことを言っている。まず「放棄」ということだ。秋成が自作について問われた時に拒否したり自作を井戸に沈めたというエピソードを取り上げ、「芸術上の仕事で、重要なのは運動であって作品ではない、作品は運動の途中で作者が放棄したもの」と述べている。書き終われば作者はそこにもういないのである。もうひとつは「美文」と「散文」のちがいについてだ。『雨月物語』「白峯」の出だしを例に挙げながら、「描写なんぞという馬鹿なひまつぶしをしていない」のであって「運動を、ぴたりと表現して」おり、「運動の作用として、しぜん状況がととのって来る」。「菊花の約《ちぎり》」で言えば赤穴《あかな》宗右衛門の亡霊が出てくるくだりについて「自然にあそこまで書けたもの」であり、むしろ冒頭と末尾にある美文は、ないほうがよかった、と断じている。

実は「秋成私論」より前、一九五三（昭和二十八）年から五四年にかけて石川淳は「新釈雨月物語」を書いている。これは『雨月物語』の現代語訳だが、むろんそこは「新釈」であって、「秋成私論」で語ったように「菊花の約」の冒頭と末尾の「美文」を省いている。また「新釈春雨物語」はもっと早く、一九四二（昭和十七）年に訳出している。『春雨物語』について「秋成私論」では「樊噲《はんかい》」を取り上げ、「どこまでも伸びて行き、遠くに駆け出して行くような性質をもった内容。またそれに適応した文体」であり、「散文という方法を江戸で使った、おそらくめずらしい例」と述べている。つまり「秋成私論」は単なる評論でも感想でもなく、実際に秋成の作品を自分の文体に書き直し、これがいかなる散文であるかを、身をもって体験した、その報告だと言ってよい。

石川淳がもっと注目してもよかった散文、ということで言えば、『春雨物語』は「樊噲」のみならず「血かたびら」も「天津処女《あまつおとめ》」もみごとな散文で、前者は古色あって格調高く、後者は粋で洒落ている。それぞれの特徴を現代に伝えるべく訳出するとなると、かなりの意訳が必要となるが、石川淳はそこまでしてはいない。そのあたりは「狂歌百鬼夜狂」で書いたところの、「昨日のことばに生命をあたへるやうに、また今日のことばに我儘をゆるさないやうに、雅言と俚言との緊張関係の上にあたらしい表現法を発見する」というたいへんな仕事になる。しかし石川淳にとってそれは小説でおこなうべきことで、現代語訳でおこなうことではなかったろう。

そろそろ江戸文化から離れようと思うが、その前に一九七七（昭和五十二）年から一九八〇年に書かれた江戸文学関係の文章を集めた『江戸文学掌記』にふれておきたい。この随筆には一九四三（昭和十八）年の「江戸人の発想法について」とも一九五二年の「狂歌百鬼夜狂」とも異なる江戸への考え方が見える。たとえば一九七九（昭和五十四）年の「山東京傳」では、森島中良《ちゅうりょう》の戯作論を軸に、まるで中良・京傳と同時代人であるかのように、中良の山東京傳評価に異を唱えている。森島中良こと萬象亭は自分の洒落本『田舎芝居』の自序に、次のような文章をしたためた。石川淳は原文を引用しているが、ここでは話の内容に専念したいので現代語に訳して書く。

『遊子方言』『辰巳の園』が出てから年々、似たり寄ったりの洒落本が数えきれないほど刊行されている。読んでみると、底の底を穿とうとして、八万奈落の泥を掘り出すようで、隅の隈を探そうとして、六万坪のごみを掻き出すようだ。［略］たとえば立役が真剣を抜いて本当に敵役の頭をはね、女形をつかまえて着物の前をまくってしてはならないことをして、道化役が褌をはずして睾丸を振り回せば、皆驚いて腹を抱えるかも知れない。しかし、正の物を正でお目にかけずに、正の物の如く見せるのを、上手の芸というのである。戯作も同じだ。実をもって実を記すのは実録だ。虚をもって実の如く書くのが戯作なのである。［略］

この萬象亭の自序を読んだ山東京傳は「これは自分のことを言っている」と思い、その後、萬象亭との交友を絶ったという。石川淳は「もし京傳が非難にむくいておもふところを主張したとすれば、江戸ではめづらしい文学論争になつたことだらう」と書いた。私もそう思う。文学論争になった場合、論ずべき対象は石川淳もそう思ったように『通言総籬《つうげんそうまがき》』である。

山東京傳評価から見る石川淳

『通言総籬』は、たしかに一見、ルポルタージュに見える。江戸伊勢町《いせちょう》に住む友人、北里《きたり》喜之介を訪問する艶次郎《えんじろう》とわる井しあん。まず艶次郎が着ている着物から履き物まで山東京傳は書いた。前さがりの長い仕立てをした黒の無地八丈の羽織。帯はお納戸茶《なんどちゃ》の緞子《どんす》。上着は黄色の無地八丈に憲法染《けんぼうぞめ》の小紋。下着は黒ななこの裏えりに花色縮緬《ちりめん》の裾まわし。襦袢《じゅばん》は紺縮緬の螺《ら》旋絞《せんしぼ》り。ぞうりは中の町ぞうり。足袋は黒い革足袋。脇差しの鞘《さや》には鮫革《さめがわ》を使っていて梅花模様がついている。ヘアスタイルは、諏訪町《すわちょう》の有名な髪結い床で額際を抜いてからちょうど二日目の本田髷《ほんだまげ》である。首には頭巾を襟巻きにしている。

しかし、彼らの名前のつけかたを見れば仕掛けがわかる。北里喜之介の「北里」は北国と呼ばれた吉原のことだ。「艶次郎」は、すでに山東京傳が黄表紙『江戸生艶気樺焼《えどうまれうわきのかばやき》』において、浮世絵師・北尾政演《まさのぶ》として作り上げた、山東京傳のアバターとしてのキャラクターである。わる井しあんは「悪い思案」だろう。しかも太鼓医者という設定である。現実のルポルタージュのように見せて、実は通人の典型を言語化した。石川淳も言う。

叙述はことごとく有形無形の「正の物」をもつて材料にはするが、この場の三個の人物は実在とはちがふ。すなはち、京傳ゑがくところの、かくあるべき嫖客の像がここに現前してゐる。

そのとおりである。萬象亭が言う「実録」ではない。実際にはあり得ない理想の客、と言っていいだろう。さらに、まるで実録のように見える虚構の世界は詳細を極める。喜之介は柱に寄り掛かって三味線を爪弾いている。部屋に宣徳火鉢があり、その上にかかっている広島やかんで茶をつぎながら、俵屋宗理《そうり》の描いた菊文様の半戸棚から豆いりのコンペイトウを出す。火鉢の種類ややかんの種類、戸棚の文様、道具、食べ物が詳細に描かれる。三人の話題は、誰が松花堂作の布袋《ほてい》の絵を持っているか。誰がどんな高麗茶碗を購入したか。遠州が持っていた茶入れのこと。金襴《きんらん》の名物裂《めいぶつぎれ》でできた茶入れ袋のこと。古金襴裂でできた風帯と一文字（掛け軸の作品の上下を飾っている布）のこと。それで装幀《そうてい》された江月《こうげつ》和尚の書を目撃したこと。

艶次郎が煙草《たばこ》を吸う。煙草入れはアンペラ製の内側に縫い目を入れたもので、池之端のゐち川屋で作らせたもの。柳左作の根付けをつけている。煙管《きせる》は、池之端の住吉屋という煙管屋が作った合金と純金の布目模様の象眼の金属煙管だ。懐から金唐革の巾着を出すと、そこから南《なん》鐐《りょう》一朱銀を取り出して鰻《うなぎ》を買いにやらせる。この時代ならではの道具ばかりだ。

遊郭の話題にも花が咲く。松葉屋で出す青い小梅。扇屋で出すせんべい。四ツ目屋で出すカステラ。竹屋で出すあわび。正月の揃《そろ》いの着物（お仕着せ）は、大かな屋の黒地に花模様の立てわき（縦に曲線の縞《しま》になっているもの）、角のつた屋では鷹《たか》の文様のお仕着せ、松葉屋では孔雀《くじゃく》の羽文様の絞り染めに、髪には象牙蒔絵《まきえ》の櫛《くし》こうがい、丁字屋では若松と額の組み合わせ、中あふみ屋では花格子。石川淳は書く。

当時流行の逸品をすぐつて材料に使ひこなしたのは作者の手練である。このとき、この叙述のどこが写実といへるか。かの北方の国に入らうとするものは、まづ言語服飾よりはじめて、その国の手振に習ひ、慣例をわきまへ、歌舞音曲に通じ、風流韻事にもわたつて、雑俳将棋の末技までおろそかにはできない。

吉原に入るにはそれなりの用意がいる。しかしおざなりでは用意できない。用意すべきなのは入る者の言わば「高度な教養とセンス」である。それがどのようなもので、どの程度のものなのか、多くの人は知らなかった。もしかしたら『通言総籬』は心の準備と訓練のための手引きの役割を果たしていたかも知れない。しかしたいていはそこに至らず諦めてしまうだろう。なぜなら、『通言総籬』における吉原は、たどり着くのが不可能な別世界に見えたにちがいないからだ。

洒落本にはふたつの側面がある。ひとつは、中国文学・文化のパロディーという側面だ。唐に『遊仙窟』という物語がある。険しい山を登り、深い谷を越え、あらゆる困難を味わいながら遊仙窟にたどり着くと、そこはまさに桃源郷であった。遊郭は古くから遊仙窟にたとえられてきた。洒落本では、これを『瓢金窟《ひょうきんくつ》』という題名にして遊ぶ。『義楚六帖《ぎそろくじょう》』も『異素六帖』という洒落本になり、『揚子方言《ようしほうげん》』は『遊子方言』という洒落本になる。すべて、中国の著名な本のパロディーであり駄洒落だ。洒落本はもともと、中国世界の俳諧化《やつし》なのである。

『通言総籬』は、前半が日本橋伊勢町の一軒の家のなかで展開し、後半は吉原の松田屋である。これは現実世界では松葉屋で、そこに瀬川というおいらんがいたが、それが『通言総籬』では「おす川」になる。吉原遊郭は都市のなかの遊仙窟だ。伊勢町から出て通油町《とおりあぶらちょう》を歩き、大伝馬町《おおでんまちょう》を過ぎ、浅草橋を通り、神田川と隅田川が交わる柳橋のところまで行くと船着場があり、そこから船に乗って隅田川を北上し、今戸山谷堀《いまどさんやぼり》にあった大桟橋まで行って船を降り、そこから徒歩で吉原に至った。大門をくぐるとまず入るべきは、右側にならぶ七軒の茶屋のなかの一軒、駿河屋《するがや》である。三人それぞれ、茶屋の女房に呼びかけをしながら上がる。そこからは「よふお出なさりました」「主人はどこだ」等々、まるで映画のようにいちいちの会話となる。目の前に見えるようだ。外の人の行き来を眺めながらさまざまな噂話《うわさばなし》。読者が浮世絵や戯作などで知っている遊女たちの姿がちらほらする。酒と食べ物が出る。塩漬けの鴨《かも》の煮付け、イワシとキスのほうろく焼、葉つき大根の吸い物等々。そこに松田屋のおす川が迎えに来る。

おす川の座敷は、琴、茶の湯の釜、衣桁《いこう》にかかる着物、草花の天井絵、沈金彫の机、王羲之《おうぎし》の拓本や『源氏物語湖月抄』や『万葉集』の草紙、香の香り、座敷の真ん中に銀の燭台《しょくだい》、朱蒔絵の煙草盆。出てくる料理、床のなかの会話。どれもこれも実写に見えて究極の茶会記である。茶会記がそうであるように、読める者には、背後の広大な物語が読める。諸道具の価値もわかる。遊郭とは、歴史、季節、気温天候、日々の時間、空間、着物織物、食べ物飲み物、花や絵画や書、言葉、諸道具、そして人のふるまい、そのすべてを演出する茶の湯の理念と同じ空間である。その記録から立ち上る「数寄」を尽くした時空は、言葉によって創造された理想美の時空であった。石川淳は書く。

京傳は紅閨のうちにも眠り呆けてはゐなかつた。当時流行の粋は人も物もすべてその目中にあり、これを適切に配置して作るところの廓の仕掛はさだめて実在の吉原と相似と見えるが、そこがまた当人の生涯を賭けてあそぶに堪へた夢の国であつた。［略］事の大小となく、すべての醜悪をふくめて、しかもなほ遊里は京傳執心の別天地でありえた。［略］もしこの作者が明治にうまれたとすれば、すばやく海外の風気をかうむつて、転変の妙機をつかんだにちがひない。これは架空の談ではない。西欧近代の芸文の場にあそぶに堪へるやうな素質と才能と感覚と機智とをそなへた戯作者がつとに江戸にゐたといふ事実である。

萬象亭の批判を排して京傳を評価するその基準のうちに、石川淳自身の文学への考え方が明確に見える。これもまた、評論のための評論でもなければ、学者の「仕事」としての文学論でもない。山東京傳は現実を現実のまま書いたのではなかった。材料を現実の吉原に採っていたとしても、そこに言葉で出現させたのは「生涯を賭けてあそぶに堪えた夢の国」であり、「すべての醜悪をふくめて、しかもなほ［略］別天地」であった。それが書けたのは「転変の妙機をつかんだ」京傳の「才能と感覚と機智」であり、そういう作者であればいかなる時代に生まれても、その時代の現実を材料にして、芸文の場に存分に遊んだにちがいない、という。石川淳もまた、二十二歳から八十八歳に至るまで、六十六年にわたる現実の世の中を材料にして、芸文の場に存分に遊んだ。それはどれほど詳細な描写であろうと実録ではあり得ない。その理想を極めた「遊び」の意味をまるごと知る人だからこそ、山東京傳の洒落本をしっかり受け止め得るのである。

私は先ほど「山東京傳」について、「まるで中良・京傳と同時代人であるかのように、中良の山東京傳評価に異を唱えている」と書いた。『江戸文学掌記』は、どこをとっても、石川淳が江戸の内部にいる。タイムスリップして江戸に入り、そちら側からこちら側に向かってものを書きつけているような気がするのだ。江戸の外から書いてきた書き方とは、すでにちがっている。これは一九七九（昭和五十四）年の「横井也有《やゆう》」でも同様である。蕉風に学んだにもかかわらず、平淡軽妙な也有の俳諧について、こう書く。

平淡軽妙はさだめて生得のものである。ときに俗句がまじらうとも、すぐ低俗とそしるのは他人の頭痛であつて、当人が気にやむわけではないだらう。吐きつけた息が詩になれば、それが生活の虹である。吟詠は流れ出るにまかせて、出し惜しみはしない。いや、息あるかぎり、流をとめることができない。句に歌に文に、任意の形式をとつて、もの平をえてもえなくても、鳴るものは朝夕におのづから鳴る。かたちに発したものを、他人が見ようと見まいと、いや、当人が捨てようと捨てまいと、それがなにか。「あけくれの自由」は生活の日常にあつた。

江戸時代の作者について詳述しているあいまに、このような石川淳自身の息吹が突然入り込んでくる。まことにわくわくする。「吐きつけた息が詩になれば、それが生活の虹である」とは、なんとすごい描写か。「息あるかぎり、流をとめることができない」とは、石川淳自身が生きた日々であろう。人は生得の才能をもって言葉の出るに任せ、詩歌を読み文章を書く。人がなんと批評しようと関係がない。自分がそれを嫌悪して捨てようと捨てまいと、それもよし。「あけくれの自由」は也有の言葉である。石川淳の心にそこが響いた。

この後、石川淳は「鶉衣《うずらごろも》をふくめて、也有の俳諧はすべて雑俳」と言い切ってはどうか、と提案している。そうすると、俳文の歴史が芭蕉文集から蕉門俳人たちの文章を編んだ『風俗文選《もんぜん》』を経て也有の『鶉衣』への変化と読める。その結果、芭蕉から突然、川柳に飛びぬけたことがわかる、と。「古俳諧の滑稽は後の川柳においてやつと息を吹きかへしたものか」と言い、也有はその途上にあった、と読んだのだ。このような文学史の見方も、学者にはできない。懸命に「客観的」分類をしようとするからだ。石川淳は芭蕉がいてその次に也有の精神の運動の結果が川柳になる、と言っているわけだが、「芭蕉俳諧」と「川柳」は分野がちがうでしょ、などと発想していたのでは、文学や文化が個人を通ってダイナミックに千変万化していく動きが見えないのである。

次第に形をあらわして江戸時代については評伝もある。一九四一（昭和十六）年に石川淳は「渡邊崋山」を書いた。個人の評伝という枠を超えて、ここでは蘭学、いや知性というものについて、重要なことをしたためた。

当時の現状では、蘭学の世界には医学と天文学といふ二つの中心があつて、大観すると医学は民間にゆだねられ、天文学は幕府の天文台に引き取られてゐた。［略］そして、この二つの中心のまはりに、まだかたちの定まらない、まだ名のつかない知識の断片、いづれは化学ともなり工学ともなるであらうものの材料が渦を巻いてゐた。さらに、その外廓には、もつと漠然たる雑識、取扱ひにこまるやうな海外の新声がむらがつてゐた。［略］

さういふ足の踏み場もないところに、蘭学者は立たされてゐたのだから、いろいろな知識にこづきまはされるために、いつたい自分の位置はどこなのか、はつきりしないものもあつたはずである。

実は江戸時代のみならず、ほとんどの時代に、「まだかたちの定まらない、まだ名のつかない知識の断片」が存在する。人は皆、現代でも「足の踏み場もないところ」ではたらき「いろいろな知識にこづきまはされ」ている。知識体系というものは盤石なのだ、と錯覚したとたんに、自分の「所属」が気になり、所属できなかった時は思考力を閉じる。当時の蘭学者たちのなかには、そういう者もいたであろう。しかし、なんらかのことを後世に残した蘭学者は、「かたちの定まらない」ものに「こづきまはされ」ることをめっぽうおもしろいと思い、そのただなかで生きた。

私が江戸文化を考えるにあたって平賀源内をひとつの「つて」にしたのも、そういう理由からだった。みずからこづきまわされ、どたばたと駆けずりまわることが平賀源内の生き方だった。その結果、なんら成果を出せないにもかかわらず、多くの種を蒔《ま》いた。江戸文学（江戸言葉による文学）も、江戸語の浄瑠璃も、明治時代になってから輸出品となった金唐紙も、電気の力についての発想も、毛織物ができる過程も、輸出品産業の必要性も、そして秋田藩から出現した日本独自の蘭画「秋田蘭画」も、間接的には浮世絵の多色刷りや銅版画も、源内のどたばたが火をつけてまわった結果だった。これを精神の、あるいは発想の「運動」と言わずしてなんと言うか？　どんなことであろうと、「どの分野の引き出しに整理すべきか」ではなく、どの動きを作り出したか、どの動きにどう乗ったか、に眼をこらすべきだということは、私が石川淳から学んだもっとも重要なことだった。精神が運動している限り、定まらない形は諸所にあり、やがてそれが形をあらわし、また別の、定まらない形を生み出していくのである。運動には「確実」も「安定」もない。

そこで、一九七一年から九年間にわたって書かれた大長編「狂風記」について述べたい。そのはじまり方が、この作品の核になるテーマを、そのまま表現している。つまり、捨てられた廃品の屑《くず》の山から次第に姿をあらわしてきたのが、マゴという死人の骨を探す男であった。彼がそこで出会ったのがヒメという葬儀屋である。どちらも死者につながっている。マゴは四六四年頃に雄略天皇に殺されたといわれる市辺押磐皇子《イチノベノオシハノミコ》の子孫であり、ヒメは、一八六二（文久二）年、三条河原でさらし者になったと言われる村山たかという女性の子孫であった。村山たかは長野主膳の妾《めかけ》で、女子をひとりなしていた、ということに「狂風記」ではなっている。長野主膳は大老・井伊直弼の家臣で国学者だった。実際には村山たかはもともと井伊直弼の妾で、後に長野主膳の正式な妻になっている。実際の村山たかの子は女子ではなく、多田帯刀《たてわき》という男で、長野主膳、村山たか、多田帯刀は安政の大獄の首謀者だ。そして井伊直弼が暗殺されたあと、その息子の井伊直憲《なおのり》によって彼らはとらえられ、長野主膳は斬首の刑となり、多田帯刀は暗殺され、村山たかは生きざらしにされたのだった。長野主膳、井伊直弼、井伊直憲に対応する現代の人物は、「狂風記」では桃屋義一、柳鉄三、柳安樹という名で登場する。

石川淳の小説として今までにない、現在と江戸時代、古代を通した、時代と空間を行き来する物語となった。しかし「今までにない」と言っても、すでに見てきたように、見立て、やつしの構造のなかで精神が蠢き引き起こす運動、という意味では一九三七年の「普賢」とこの「狂風記」は同じ仕組みを持っている。新しい方法が発明されたとすると、私たちの頭のなかの時空観念の雑多な状態をそのまま形にした「廃品や死体の山」から、次第に、すでに生きて死んだ者と、今生きている者が屹立《きつりつ》してくる、という方法であろう。これは歴史から消された者の存在の記憶であり、その記憶は消えることなく、つねに出現し時には繰り返される、ということを読者にしらしめている。

同様に八世紀の奈良時代と現代を行き来する作品が一九八一～一九八二年に連載された「六道遊行」であった。しかしここでは大きな変化が起こっている。この作品は時間が変転するが、見立て・やつし構造が見られないのだ。基本構図としては、奈良時代の「大杉の精」と「現代のダンサーの眞玉」が対となっている。盗人の小楯が元いた古代と現代を行き来する。行き来の中心に子どもの玉丸が位置し、弓削《ゆげの》道鏡と対になって響き合ってはいるものの、それは見立て・やつしではなく、まさに「対」の存在なのである。玉と鏡はキーとなるもので、小楯が古代で役人を殺すと、現代では杖《つえ》で警官を叩《たた》いたことになる。鏡像関係である。しかし奈良時代では藤原仲麻呂《なかまろ》、光明《こうみよう》皇后、道鏡が登場する政治の世界だが、現代ではストリップ・ダンサーの世界だとすると、この鏡像関係の不均衡はなにか？　これは古代が現代世界に「やつされている」と見るべきなのか。それとも「狂風記」にあった明確な対応関係（先祖・子孫関係）のように説明可能な関係ではなく、なににつながっているのかわからない過去と現在の不可知の関係こそ、この世の実態だ、ということなのか？　石川淳は読者の精神の運動を喚起するために、謎を投げかけた。

それにしてもこの小楯と子分たちの旅は、『春雨物語』「樊噲」のつづきを読んでいるような気がした。その気分を受けとったからには、自分自身の精神の運動で、石川淳の「絶対自由」という目標を、受け継がねばならないだろう。

第二章
石川淳の〈江戸〉をどう見るか

小林ふみ子

第一章37ページで田中優子氏は、俳諧化の方法を江戸人が知っていたと評論「江戸人の発想法について」を通じて石川が伝えてくれたのに、ではなぜ江戸文学・文化の専門家たちはそれを伝えてくれなかったのだろうかと問いかけ、「学問の世界では人間が「分野」に分類され、そこから出るな、と言われるからであろう」と述べていた。

この第二章では、その学問の世界で江戸文学、とくに石川淳が親炙《しんしゃ》した天明狂歌の代表者である大田南畝《なんぽ》をご専門とする小林ふみ子氏を執筆者として、ご自身の「分野」の知見に基づいて、石川淳の江戸認識、天明狂歌・大田南畝のとらえ方について論じてもらう。石川は研究者ではなく、精神の自由を行使する中で江戸文学と出会っている。鋭い洞察とともに自在で個性的な理解もあるだろう。

本章を読めば、今後私たちが、石川の自由さ・融通無碍《むげ》ぶりをむやみに神秘化する必要はなくなり、また専門家に遠慮して微妙に敬遠する必要もなくなるはずである。

（山口）

古今東西の書物に通じて該博な知識量を誇り、とりわけ江戸時代の文芸や美術への深い造詣で知られたこの作家が、江戸文化をどう見ていたか、そこにどんな背景があるのかを探ることは、無謀に近い。とはいえ、それが筆者に与えられた課題である。そこでやむを得ず、石川淳研究の素人として、これを同時代の文献からたどっていくこととしよう。

石川淳の〈江戸〉のはじまり

石川淳が戦時下に「江戸に留学」したとみずから記した（「乱世雑談」『夷斎俚言《いさいりげん》』一九五一年）ことはよく知られている。一九四三（昭和十八）年の随筆「江戸人の発想法について」（「思想」第二五〇号）はその成果として名高い。まずはその頃までの記述に、石川の江戸文芸への関心のあり方を探ってみたい。

江戸文化への親炙が石川自身の文筆となってあらわれた最初の作品と目されているのが、一九三七（昭和十二）年、「読売新聞」朝刊に二回に分けて発表され、のちに『文学大概』（小学館、一九四二年）に収められた小品「あけら菅江《かんこう》」である。石川がおそらく生涯でもっとも敬愛した江戸文人が大田南畝、十八世紀後半から狂歌をはじめとした俗文芸の作者として、また蔵書家、文人として江戸の文芸界で重きをなした人物だった。本作はその狂歌の盟友の狂名朱楽《あけら》菅江に題をとっている。前半で、歌碑に彫られた菅江の辞世の歌から、和歌の伝統たる歌枕という定型がもたらす陳腐さの呪縛を説き、後半では南畝が書き記した菅江の狂名の由来となった逸話を紹介しながら、ふたりを対比してみせる。「この江戸作者中第一等の人物のことは到底一口でかたづけきれるものではない」としつつ、南畝晩年の述懐から菅江との資質のちがいを強調する。その題とは裏腹に、すでに隠れた主役は南畝だった。

ここで菅江を否定的に取り上げた、その語りには時局的な背景も指摘されてはいる（山口俊雄「石川淳『マルスの歌』論」）。この小品の冒頭におかれる、菅江の碑文のある三囲《みめぐり》神社を訪れるきっかけとなった「不二山の見えないところへ行つてくれ」という友人のセリフがそれを匂わせている。これは、富士山が歌枕という「既成概念」に覆われた自然の代表にして、国粋主義的風潮のなかで盛んに利用されたことへの嫌悪の示唆と解釈される。ここから歌枕に依拠した菅江の辞世の歌の話となる。つまり、菅江はそこから逃れられない存在、南畝はそうした伝統的な権威を背負ったものとは対蹠《たいしょ》的な存在という役割をはじめから託されていた。石川はここで南畝に伝統からの自由を見ていたことになる。そこにはそれを可能にした諸条件があるはずだろう。

南畝への評価は、すでに前年、「百間《ママ》随筆に就いて」（「三田文学」一九三六年十二月号）に見られる（渡辺喜一郎『石川淳伝』指摘）。ここで石川は、内田百閒《ひやっけん》の文体に、唯一「措辞の精妙を以て拮抗し得る者」として南畝の名を挙げている。この書きぶりには、石川が南畝を単に自由や反権威の思想を仮託し得る存在と見ていたというだけでなく、はじめからその文章力に注目していたことが窺《うかが》えよう。

大田南畝への熱中

本書第四章で論じられる「マルスの歌」も、このすぐあと、一九三七（昭和十二）年の発表だった（「文学界」翌年一月号）。この作品では、主人公に寝惚《ねぼけ》先生こと南畝が、同じく狂詩の名手と称された京都の銅脈先生に贈った狂詩に見える彼らの「御風流」への憧憬を語らせている。

また、石川は「文庫」一九四一年八月号掲載の評論「渋江抽斎《ちゅうさい》」において、森鷗外《おうがい》が同作中で二世劇神仙眞志屋五郎作の狂歌を蜀山《しょくさん》すなわち南畝等の作に遜色ないと記したことを、対象への愛のために文学への目が曇っていると難じたこともあった。「天明狂歌の先達、蜀山、菅江等の作にはこんなしがないものは一つもまじつてゐない」と気色ばんだ筆致で記したのである。一九四二（昭和十七）年の「雪のはて」（「文学界」同年七月号）でも主人公は「蜀山人の生活を書き併せて蜀山文学を論じたいといふ念願に憑かれてゐ」る。こうして、寝惚先生といい、蜀山人といい、南畝の種々の号を用いつつ、石川は南畝への憧憬のことばを繰り返していた。

石川は、同じ月、「新潮」一九四二年七月号に「散文小史―一名、歴史小説はよせ―」を載せ、その題を裏切って、古い時代の和歌とならべて朱楽菅江の狂歌を掲げる。そしてその狂詠を「ふざけてゐるの一言で割りきつてしまふ批評は永遠に文学の現場から遊離したけしからん」ものだと語る。「誤解のおそれある天明狂歌といふ呼称」に「芭蕉《ばしょう》俳諧」に「呼応」した「蜀山俳諧」なる別名を与え、これを「本歌の領域を民衆の詩心の運動のために再開放し」たものと評価する。さらにそれは「精神では古今集への復古運動であり」「芭蕉詩と並んで、蜀山詩は古今に比類のない俳諧の大事業である」と述べていた。キーワードは「俳諧」である。

ここに見える芭蕉への高い評価は、前年の「俳諧初心」（「文芸情報」同年六月下旬・七月上旬・同下旬号）で論じたことを承《う》けたものだった。この延長線上に、翌年三月、「江戸人の発想法について」が発表される。

この文章は石川淳の江戸に関する著述の代表格として知る人も多く、前章ですでに論じられた評論だが、おおまかにその内容を確認しておこう。江戸時代初期、大伝馬町《おおでんまちょう》の商家佐久間家の下女お竹が実は大日如来の化身だったという巷説《こうせつ》から説き起こす。これに謡曲（能）などで知られる中世の遊君江口の君が普賢菩薩《ぼさつ》だったという古い伝説を重ね合わせ、そこに共通して「江戸の市井に継起した文学の方法をつらぬいてゐる」「俳諧化」の作用をみいだす。「俗化」「やつし」とも言い換えられるその手法の最たる例として、「天明狂歌」を論じる。芭蕉の俳諧に比肩する「文学様式上の新発明」にして「古今集の俳諧化」だというのである。

石川の見たところ、天明狂歌は、近世以来のそれまでの狂歌とはこの「俳諧化」によって決定的に異なっているという。江戸狂歌を細かく分析してきた筆者としては、心情的にはこれに賛同したい反面、研究としてこの論を証明し得るかというと、実は悩ましい。石川本人に問えば、まさに同文章中にいう「人間と仕事しか見ようとしない」「さもしい料簡」だと叱られそうだが、野暮で恐縮ながら、そのような石川の視野にあったものをさらに探究していきたい。

「天明調」「天明風」狂歌か、「天明狂歌」か

石川のこのような認識の背景を考える上で着目したいのが、南畝らの主導で流行した狂歌に使われた「天明狂歌」という用語である。「雪のはて」では、「天明調の狂歌」だったが、これ

が「散文小史」「江戸人の発想法について」になると、ほぼ一貫して「天明狂歌」が用いられる。この用語が石川の知識の由来を示唆している可能性はないだろうか。というのは、「天明狂歌」という文学史上の用語が定着してゆくのが、まさにこの時期と目されるからである。

狂歌は、今日の短歌につながる和歌の伝統のなかにあって、江戸時代に措辞や発想の自由さが許される形式として一分野を形成するに至る。その初期以来、上方でも江戸でもさまざまな狂歌人が輩出したが、それが十八世紀後半の南畝らによる狂歌をめぐる会集の動きを契機として、天明年間（一七八一～一七八九年）に大きく昂揚《こうよう》する。それを特別な時代とみなし、その時期の江戸を頂点とする狂歌の流行を切りとる用語が「天明狂歌」だった。

この頃の詠風をその後のそれと区別する意味で「天明調」あるいは「天明風」「天明ぶり」狂歌と称することは早く、江戸時代からあった。とはいえそれは、詠風の変遷のなかで、江戸における大流行を巻き起こした大胆な調子として、その後の時期ごとの歌風と対比するもの、あるいは懐古趣味の向かう先という位置づけだった。全体の流れのなかの一時代の詠みぶりとしてではなく、狂歌の黄金期を指す語として「天明狂歌」という呼称が広く用いられるのは、実は昭和以降のことになる。石川の時代はちょうど、その普及の時期にあたる。

石川淳にこの「天明狂歌」の用語を選ばせたのはなんだったのか。この用語を丹念に追った江戸狂歌研究者、石川了による「『天明狂歌』名義考」を参照しながら追っていこう。

石川了によれば明治・大正期にはむしろ「天明調」の呼称が主流で、当時の文筆家にして熱心な狂歌作者でもあった蟹廼屋《かにのや》野崎左文《さぶん》も、狂歌雑誌「みなおもしろ」第二巻第七号（一九一七年）において「天明狂歌」と「天明調狂歌」を併用していたという。

では「江戸人の発想法について」発表の一九四三年までの刊行物に、「天明狂歌」の用語はどのようにあらわれたのか。もっとも古くこの語を用いたことが確認されているのが武島羽衣《はごろも》「天明の狂歌」（「帝国文学」第四巻第一〇号、一八九八年）とされ、鶴見吐香《とこう》『蜀山人』（裳華書房、一八九八年）にも少ないものの用例はある。石川淳が親炙した永井荷風の『江戸芸術論』（春陽堂、一九二〇年）もこの用語を用いていて、当然のことながら影響が想定される。しかし博識の石川が目を通した文献が、それらにとどまるはずもない。これら以外の文章では、大正期までほとんど「天明調」「天明風（ぶり）」だったというから、その後に鍵があろう。

昭和に入って、一九二九（昭和四）年の『日本名著全集 江戸文芸之部 第十九巻 狂文狂歌集』林若樹《はやしわかき》解題も「天明調」「天明狂歌」を併用、一九三六（昭和十一）年刊の菅竹浦《すがちくほ》『近世狂歌史』もまたおもに「天明調」、時に「天明狂歌」を使う程度だった。そのなかで、一貫して「天明狂歌」の語を用いた文献が数点ある。

とりわけ石川の参照が考えられるのは、藤井乙男《おとお》（一八六八〜一九四五年）名義で出された『歌謡俳書選集十　蜀山家集』（一九二七年）だろう。当時、京都帝国大学の教授だった藤井の名を冠してはいるが、金子實英による校訂、「狂歌小史」「蜀山人評伝」執筆であることが巻頭に明記される。これが「天明狂歌」でほぼ統一していた。この南畝伝は、文学的経歴や学統、また家族関係などを記す、力のこもった六二ページにわたる著述だった。さらにいえば、石川が「マルスの歌」で引いた、南畝が銅脈先生に贈った書簡風の狂詩の一節「暮春十日書　卯月五日届」云々《うんぬん》もこの「蜀山人評伝」で論じられている。この詩の出典『二大家風雅』は刊本で伝存点数も多く、明治期の吉川弘文館刊行の『新百家説林　蜀山人全集』にも収められて普及したものだが、「暮春十日書」の詩自体は数多くの詩の応酬のなかで目立つ位置にあるわけでもない。この文章が、石川がこの詩の一節に目をとめる契機になった可能性も否定はできない。

藤井乙男紫影は京都帝国大学の定年間際にあり、金子實英は前年の同大学「国語国文の研究」創刊号より南畝関係の著述を連載しているから、その門下生のひとりと考えられる。のちに金子又兵衛の名で京都大学より博士号を取得、関西大学関連の雑誌に執筆したことからして、関大に奉職したのであろう。これらはいわゆるアカデミズムの世界の成果である。

しかしその直後、在野の江戸研究者たちが南畝について盛んに論じる時代となり、そのなかで「天明狂歌」の語が用いられていくことになる。

市井の学者たちの江戸研究誌、そのなかの南畝

石川淳に先んじて南畝を愛好し、しかもつねに「天明狂歌」の語を用いていたのが、三村竹《ちく》清《せい》（一八七六〜一九五三年）である。学校教育を受けた経験はほぼなかったが、諸芸に通じ、蔵書家、愛書家たちとの交わりのなかで江戸の文献を熟知した人物だった（中野三敏『江戸文化評判記』）。その著作は日本書誌学大系『三村竹清集』全一〇巻（青裳堂書店、一九八二〜一九九六年）にまとめられている。江戸時代の人物・文献研究の碩学《せきがく》森銑三《せんぞう》（一八九五〜一九八五年）が、かの江戸通の三田村鳶魚《えんぎょ》、林若樹とともに、この人を「江戸通の三大人」と記し、なかでも「第一の文筆家」と称《たた》えている（『森銑三著作集　続編』第六巻「三村竹清大人」）。その森自身もまた、中等教育を受けることもないままに図書館に勤務、古典籍を扱うことを通じて江戸時代の文献に通暁した人だった。

　昭和初期から十年頃にかけて、三村と森は盛んに南畝に関する著作を雑誌に発表している。時はまさに江戸研究雑誌の時代だった（井田太郎「〈実証〉という方法」）。明治期から一九四四（昭和十九）年まで刊行されていた「集古」は書籍から考古や民俗まで対象を幅広く構えていた

が、大正末からは「江戸生活研究彗星」（一九二六〈大正十五〉〜一九三〇〈昭和五〉年）、「今昔」（一九三〇〈昭和五〉〜一九三五〈昭和十〉年）、「書物展望」（一九三一〈昭和六〉〜一九五一〈昭和二十六〉年）をはじめ、愛書家の雑誌が続々と創刊され、アカデミズムとは別に、江戸の古典籍を愛好する在野の書き手たちが集う世界が拓かれつつあった。

そのなかで、三村はつとに一九一七（大正六）年に南畝の筆跡に関する文章を「日本及日本人」第七〇二号に載せていたが、一九二九年には南畝の狂歌の師とその家塾をめぐってその名も「天明狂歌の発端」を「日本及日本人」第一六七号（書誌的事項変更のため、前著より掲載号数が若い）に発表した。

森も「今昔」一九三二（昭和七）年五月より三号にわたって「大田南畝雑記」を著し、また同年五月、「日本及日本人」第二四九号に「朱楽菅江」を載せる。翌年には「国語と国文学」第一〇巻第一号に「大田南畝とその洒落本《しゃれぼん》」、さらに「書物展望」一九三四年一月号に南畝の詩集についての「『杏園詩集』に続篇あり」、翌一九三五年には九〜十一月、「書物展望」に「大田南畝の旧蔵書」を連載するかたわら、同年十一月には「日本及日本人」第三三一号に「蜀山人雑談」を発表した。三村はこれを受けて翌年一月、同誌第三三三号に「蜀山人雑談追随」を載せている。

南畝の狂歌を論じるにあたって、三村が「天明狂歌」の語を用いたのに対し、森は「天明振」というちがいはあったが、このように石川淳の江戸論述がはじまる少し前、市井の江戸研究家たちの間で、南畝の文事をめぐる研究が集中的かつ多角的になされていた。

三村の「蜀山人雑談追随」は、冒頭から「貴誌只今到着、早速あけてみると、森さんの蜀山人雑談とあるのが目についた、蜀山と聞くと全くおやぢの噂をされてる様な気がする」とはじめ、つづけて「読みながら心付いたことを書く、いくら私がひま人でも、けふは十一月のみそかです、少々忙しい、手紙でも書くつもりでかきます、間違つてゐたら又訂正して下さい」とし、森の著述内容に即して、南畝の書物収集や蔵書印、書跡、学問などについて記している。末尾に同日「午後八時二十分かきおさむ」と添え、森の文章に触発されて即座に筆を執って書きあげた、その興奮ぶりが伝わってくる。書物愛好家として近世以前のさまざまな典籍を追いかけた彼らにとって、南畝という人は江戸文人として関心の対象であると同時に、書物探究の先達でもあり、二重の意味で慕わしい人物だったのだろう。

三村自身、筆跡までも南畝を慕って本人さながらの文字を書いたことでも知られた。こうしたことがどこまでこの時期の石川淳の視野にあったかはわからないが、このように南畝をめぐる熱い議論が交わされていたことは、目に入っていたのではないか。

一九四二年には、のちに今日の南畝研究の基礎となる『大田南畝全集』（岩波書店、一九八五〜二〇〇〇年）の編者の筆頭となった濱田義一郎（一九〇七〜一九八六年）が、『蜀山人』（青梧堂、一九四二年）を出版した。これも「天明狂歌」の語を用いているが、石川淳より八歳下の濱田もまた、石川と同じような読書歴をたどり、同じく「天明狂歌」の語を採用したのだろう。

石川は「マルスの歌」において、南畝のことを「一番いいところは内証にしておき、二番目の才能で花を撒き散らし、地上の塵の中でぬけぬけと遊んでゐられた」と書いた。この一節は南畝の名を高からしめた狂歌のほかの、知的な営為の水準の高さを知らずして書くことはできない。博学で知られた石川に敬愛を抱かせたのは、まずは三村竹清と森銑三らがこの時代に集中的に明らかにした南畝の書籍への情熱とその結果として蓄積された知識量ではなかったか。南畝の著述に込められた書巻の気に惹《ひ》かれる気分は、石川にとってもまったく同じだったろう。実際、石川は、最晩年に、田中優子氏のインタビューに対して南畝に関心を抱いた理由について、最初の頃にその随筆『南畝莠言《ゆうげん》』を読んで、多くの本を読み、盛んに書きとめる人だという印象を持ったという思い出を語っている。石川が南畝に惹かれた要素に愛書があるのであれば、そこに三村・森が介在していることはほぼまちがいない。

思えば、石川は「雪のはて」の「わたし」に蜀山人への情熱を語らせた時に「学者でもなく研究家でもないのだから、ものごとを七くどく調査捜索することは苦手である。まあ、わたしはわたしなりに」と記していた。学者とは別にあえて「研究家」を挙げたのは、こうしたアカデミズム外の江戸研究の隆盛を念頭においたからではないか。博覧強記の石川にして「七くどく調査捜索する」ことへ予防線を張ったのも、こうした人々による文献の記述にひとつひとつ基づいた、丁寧な探究を意識していたからだと思えば、得心がゆく。

石川淳と三村竹清・森銑三

本稿は、この頃の南畝をめぐる雑誌記事の多さ、本好きという共通項といった状況証拠だけで、石川の南畝熱と、市井の書物愛好家たちの存在とを結びつけようとしているわけではない。石川は、その後、一九五八（昭和三十三）年に岩波書店の『日本古典文学大系』の南畝関連の巻の月報に記した「蜀山断片」（初出題名は「蜀山雑記」）で、南畝関連の写本について「林若樹翁の忠実な手写に係る摸本」「竹清翁旧蔵」と説明している。ここから石川が書籍愛好の先覚としてこの人々を知っていたことがわかるだけではない。「翁」とは年長の男性への敬称だが、とりわけ先述した書物愛好の雑誌類で年長の経験豊かな人物について慣例的に用いられていた。もちろん、ほかの文脈でも使われる尊称だが、石川が、林若樹や三村を「翁」と呼ぶべき存在と認識し、彼らへの敬意を共有する人々の輪のなかにいたことを読みとってよかろう。だいぶ後年のことになるが、先述の田中優子氏との対談においては、実際に、中国でいう「文人」に対応する江戸の「通人」という語を用いて南畝の系譜に連なる人として「三村竹清さん」を挙げている。

四歳上の森銑三に対しては、「蜀山断片」と同じ一九五八年に記した『南画大体』(新潮社)でその著述を紹介して「森銑三氏」と記し、その研究成果に目を配っていたことが垣間《かいまみ》見える。その十余年後、森の著作集が刊行されはじめた翌月の一九七一(昭和四十六)年一月、石川は、担当していた「朝日新聞」夕刊の文芸時評欄の一回分をすべてその評に充てる。まさに先述した森による南畝研究の主要な成果を収めたのが、この人物編第一巻だった。石川は、すでに面識があったのか、「森さん」と呼んで全面的な敬意と共感を表明しつつ、こう述べている。

ビブリオフィルが蔵書にこだはることは惑溺にかたむくやうだが、森さんの執心は古本にはなくて、古本の中に見つけた人物のはうにかかつてゐる。資料を検する目はひややかでも、人物をあつかふ心にあたたかいものがあつて、それが断簡のあちこちに散つた人間像に再生のいのちを吹きこんでゐるおもむきと見える。人物は歴史の世界に生きる。森さんは各人各様の生き方についてみだりに論評をさしはさまない。すなはち、後世の思想をもつて歴史上の人間像に加工しない。

自身の愛書のあり方、そして小説の方法とのちがいを確認するかのような言ではないか。こうした世界に入っていったのは、書物好きの必然ともいえようが、はじめにここへと導いたと考えられる存在として、江戸趣味で知られた古老淡島寒月《あわしまかんげつ》（一八五九〜一九二六年）を挙げておきたい。石川が幼少期、寒月のもとに出入りし、発句の手ほどきを受けたことはみずから記し（前掲「散文小史」、「椿」初出「アニマ」一九七六年冬号）、また語ってもいる（関口雄士「〈江戸〉をつくりあげた石川淳」指摘）。この寒月こそ、明治・大正期の稀書趣味の中心にあって、先述したさまざまな愛書雑誌の興隆につながる世界の形成に深く関与したひとりだった（山口昌男『「敗者」の精神史』、延広真治「（梵雲庵雑話）解説」、山本和明「稀書翫味の交遊圏（一）」）。

古典籍から発想する方法

ここでなにより着目したいのは、外形も含めて古典籍を紹介するところからはじめる石川の記述のしかたが、三村・森と共通することである。石川が戦後、一九五二（昭和二十七）年から翌年にかけて「文学界」に連載した『夷斎清言』の一二編は基本的にこの形式を取る。巻頭から例を示そう。

草人木《サウニンボク》三冊、寛永九年壬申（一六三二）六月刊。草人木はすなはち茶といふ字である。これは江戸の茶事の本として古いはうに属する。［略］

（「ワビ」）

諸花抛入指南聞書、著色図入稿本一冊。筆者不詳。年次の記載は無いが、寛永（一六二四―一六四三《ママ》）と推定される。江戸のはじめには、花の本はもつぱら稿本写本をもつてつたへられてゐる。［略］

（「花」）

正確にいえば、一二編のうち、天明狂歌について再説した「狂歌百鬼夜狂」と蘇軾《そしょく》を論じた「東坡禅喜《とうばぜんき》」では、はじめに簡略に背景を説く段がおかれるが、やはり典籍を契機として説き起こす形を取っていることは変わりない。「狂歌百鬼夜狂」はこう語られていた。

天明五年乙巳（一七八五）十月十四日の夜、江戸深川椀倉の某家に、狂歌の百物語が興行された。［略］この百首の狂歌と平秩東作の百ものかたりの記とを合せて、これを一本に仕立ててゐる。四方山人の序、唐衣橘洲の跋、板元は耕書堂蔦屋重三郎、題して狂歌百鬼夜狂といふ。わたしはこの天明板は見てゐない。今手もとにあるのは文政三年（一八二〇）の再刻本である。［略］

このような叙述方法こそ、三村竹清や森銑三らが定型とした書き方だった。『三村竹清集』は第二巻がまるごと「ほんのおはなし」（『版画礼讃』一九二五年）と『本之話』（岡書院、一九三〇年）に充てられる。いずれも目にした本や資料について、内容や書誌的事項、それをめぐる話などをごく短く記す形式で記されている。書き方も長さも自由自在だが、『本之話』より南畝をめぐる条を例として挙げておこう。

春駒狂歌集

春駒狂歌集、藤本由已松庵更号理庵撰、半紙本二冊、奥に正徳三癸巳仲秋、泉八郎兵衛板とありて、福田文庫豊芥子南畝文庫の印あり、宮崎三昧氏旧蔵、浦口書店より芸香堂買入る、南畝奥書あり。［略］

大田南畝愛孫
集古図一巻写、文化甲戌菊月初五、借抄于浪華南宮子家、倩孫鎌太郎筆、杏花園[印]と末にあり、印は白文杏園、鎌太郎は大田畯、字を士饁といひたり、蜀山の子俶、文化九年の頃より病廃したれば、一途にこの孫に頼りしとぞ。〔略〕老情の殊に憐むべきを覚ゆ。

森銑三は、こうした記述のしかたを発展させ、書物をめぐる考証、背景を詳細かつ緻密に記す人だった。先に題を挙げた「大田南畝雑記」も次のように起筆される。

千坂廉斎の自筆本『江戸一班』の第四冊の中に、南畝、卯雲の「叡麓八景詩歌」といふが写されてゐる。右の内南畝の狂詩は『檀那山人芸舎集』にも載つてゐるが〔略〕

これは先ほど石川の評を掲げた『森銑三著作集』第一巻に収められた文章だが、その全一三巻のうち九巻までが人物編、つづく二巻が典籍編とされる。つまり典籍編はもちろん、人物編の文章も同じようにたびたび古典籍の紹介から筆を進める方法を取っていた。

石川の場合、作品冒頭で取り上げる古い写本刊本はあくまで随想の入口であって、そこから大きく思想を展開していくことは、もちろん、この人々とは大きく異なっている。だが、逆にいえば、それにもかかわらず、思考の端緒として彼らと同じように古典籍を紹介することからはじめるスタイルをあえて選んだということではなかったか。

古典籍からの発想、その後

石川は、約三十年後に月刊誌「新潮」の連載をまとめて上梓《じょうし》した『江戸文学掌記《しょうき》』（新潮社、一九八〇年）所収の諸編においても、この書き方を取る。山東京傳《さんとうきょうでん》のように著名な作者だけではなく、「遊民」における『狂歌奇人譚《きじんたん》』の岳亭八島定岡《がくていやしまさだおか》、「墨水遊覧」の百花園主人佐原鞠塢《きくう》のような、一般的な知名度の低い人物にも焦点を当て、さらに無名の著者による写本を取り上げた「百人選」「山家清兵衛《やんべせいべえ》」のような視角を取る。これを可能にしたのは、古典籍に触発されて書くという手法だったろう。江戸文学研究者にして石川淳評論でも知られる野口武彦がかつてこの作品を評して、「通常の文学史の観点からは死角にならざるをえないような視界をずばりと切りとる」（「江戸文学を縦貫する内景　石川淳『江戸文学掌記』」「群像」第三五巻第九号、一九八〇年）と論じたことがあった。これこそアカデミズムの作った枠にとらわれることなく、市井の研究家たちに倣って本そのものに視点をおき、そこから見えてくるものをふくらませてゆくという石川自身の方法を確立したことの帰結と見ることができよう。

こうして考えてみると、石川淳の「江戸留学」とは、単に江戸文芸の世界にひたる、という意味ではなかった。それは、文学史のような、後世のアカデミズムによって作られた図式から解き放たれて、まるでその時代に生きるように自由自在に当時の書物の世界に遊ぶことだったのではないか。そうして作者作品の有名無名を問うことなく親しんださまざまな古典籍の紹介を導入とする記述法は、山口俊雄氏が「石川淳『狂歌百鬼夜狂』論」で指摘したように、最晩年の『夷斎風雅』所収の随筆諸編などまで、石川がたびたび用いる筆法となっていく。

さらにこれは小説の方法にもなった。「朝日新聞」一九六一（昭和三十六）年十一月四日、コラム「わが小説」に石川が寄せた文章は、前年の「喜寿童女」（「小説中央公論」七月臨時増刊号）について、虚構の「江戸の古本をタネに」一話を「デッチあげ」たことを解きあかして見せていた。

どこの図書館をさがしても見あたらないが、しかしあつてもよささうな、ありうべき本。さういふものを手づくりに作つて行くうちに、その笑止なたくらみの作用として、しぜん一編のはなしができあがつてしまつたやうなあんばいである。

「架空の古本の実在性を読者に納得させる」というその試みは、次のように花と呼ばれた名妓《めいぎ》の評判が、無名の著者によって雑記中に複数、記録されているという設定からはじまる。

［略］見聞録ふうの雑記の中に、その一項として、名妓花女の記事が出てゐる。筆まめな無名子はひとりではない。わたしの目にふれたかぎりでも、ちがつた写本が三種ある。しかし、刊本にはついぞこれを見ない。写本の記事はいづれもみじかく、内容は大同小異［略］

その記録の逸した花女の行方を記した「古ぼけた写本一束」を入手、「題して、一は妖女伝、他の一は妖女伝続貂とある」、その書の内容を紹介する体裁をとる。読むことが書くこととともにあったこの作家にとって、江戸文学とその写本に深く親しんだ「一つの小さな証」と評される小品である（立石伯「躍動する『風狂』のアラベスク」）。ここで偽書という設定が生きるのも、『夷斎清言』のような、本をめぐる随想と地続きの手法で書かれたからだろう。この方法が約十年後、次章で論じられる『狂風記』として花開くことになる。

古書を仮構する手法はなにを意図したものだったのか。この問いを考える上では、一九五五（昭和三十）年発表の松江藩の職人を談じた「小林如泥」（「別冊文芸春秋」第四九号）の「余事ながら」と脱線するくだりが手がかりとなろう。「松江の町に来るひとが古刊本写本のたぐひをあさるつもりであつたとすれば」、その期待はできないと忠告する一段落である。つまり、石川の念頭には和本収集を趣味とする読者があった。書物から発想するという書き方は、みずから古典籍を愛した石川が、その趣味を共有する読み手を想定して取った方法だったのではなかったか。

天明狂歌師無名人格論の影響力

ここで一九四三年の「江戸人の発想法について」に戻ろう。この随想は、先にも少しふれたように、天明狂歌の精華たる『万載狂歌集』が、歌一首の単位ではなく狂歌集そのものが「古今集の俳諧化」で、「歌調歌格に於て某の古歌集に対応してゐる」点で特異であると論じ、天明狂歌が狂歌史のなかで以前以後の狂歌とも「まつたく品物がちがふ」ことを力説する。

これにつづく狂歌師の号と人格のあり方をめぐる論が、後年、研究の世界でも影響力を持つことになる。一般に雅号、俳号のなかには人格があるが、天明狂歌師はそうではないという。天明狂歌師はその狂名の中に不在である。すなはち無名人格である。いひかへれば、読人不知といふことにほかならない。かつて芭蕉俳諧の連歌は、世界が出来上つたとき、作者の名を忘れさせた。今、万載狂歌集は作者が名を抛棄することから世界を築き上げてゐる。

本書読者のために補って記せば、ここでいう狂名とは、彼らが用いた山手白人《やまてのしろひと》、宿屋飯盛《やどやのめしもり》や腹唐秋人《はらからのあきんど》、大屋裏住《おおやのうらずみ》といったふざけたたぐいである。天明狂歌が「古今集の俳諧化」であることと、こうした狂歌師が無名人格であることとはどうつながるのか。石川は「天明狂歌は仕事ではなくて運動であり、天明狂歌師は人格ではなくて仮託だからである」という。この間の思考回路については『大田南畝全集』の編者のひとりでもある揖斐高《いびたかし》「石川淳と江戸文学」の解説が要を得ている。

結果として残された作品すなわち仕事が問題なのではなく、俳諧化という精神の運動にこそ意義がある以上、作者の「存在はみづから現象化」されねばならず、したがって天明狂

歌における狂名とは無名人格であって読人不知にほかならないとして［略］

天明狂歌の本質を「俳諧化」に見るのにどうしても必要となる前提がこの無名人格論だった。石川のこの論調は、これも先に挙げた戦後の「狂歌百鬼夜狂」でも繰り返される。この狂歌会の場では「みないかなる差別も無く、個性も無きにひとしい」「虚構の人格」「天明の狂歌師とは、みずから個性を脱却したこの詩的世界の住民の総称であつた」という。

これは、あくまでも石川が天明狂歌を俳諧化という精神の運動としてとらえるために唱えられたことだったはずが、八〇年代後半の天明狂歌をめぐる論調に大きく影響していく。本書第一章で自身が語る田中優子『江戸の想像力』第二章は、石川の「発想法」の一節を引いて天明狂歌の共同性を論じた。同じ一九八六（昭和六十一）年の小林勇「天明風浅見」は、狂歌が和歌的権威から離脱したことの象徴として狂名を論じるにあたって「狂歌百鬼夜狂」を援用、小林は一九九六年の「安永・天明の江戸文壇」でははっきりと「読人不知」を引用する。天明狂歌を陰に日向に支えた新興の有力板元蔦屋《つたや》重三郎を研究した鈴木俊幸「狂歌界の動向と蔦屋重三郎」も、石川淳の天明狂歌論への賛辞を記し、そこで天明狂歌の本質は、詠まれた狂歌自体にも、それを詠む行為にもなく、「狂名何某という虚構の人格を演じる精神のほうにこそ備わる」とすることを、その演技の場としての出版物の重要性の議論につなげていく。

石川自身が天明狂歌における「俳諧化」を論じるために天明狂歌師無名人格論をとったように、これらの論者もまた、それぞれの天明狂歌論、また当該期の出版文化論を支える補助線として、石川の説を引いていた。各論考の趣意は妥当と考えられるもので、石川の所論をふまえてその前提とされることのうち、狂歌師らが集い、そこで共通してある程度に虚構といえるような愉快な狂歌師という人格が演じられたというところまでは、問題なく了解される。しかし、「無名人格」「個性も無きにひとしい」という、大胆で魅力的ながらも、決定的な表現をどこまで採るかというところでは論考により多少の温度差がある。それでも、こうして数々の論考にふまえられたこと自体が、この時代に存在した、石川天明狂歌論の持つ磁場の強さの証左だったといえよう。

あえての誇張、あるいは作為か

江戸狂歌を研究してきた筆者としては、天明狂歌師無名人格論には疑問を抱かざるを得ない。狂歌師は、それぞれその滑稽な狂歌師という仮面の背後に当人の身体や職業といったその実体が見え隠れする程度にその役柄を演じた。その仮面は同じでも、それに完全に覆い隠された均質な人格ではない（拙著『天明狂歌研究』第一章第一節）。端的に言うなら、本町の大両替商の番頭の腹唐秋人と、山の手は小石川に住む旗本の山手白人は交換可能ではないし、つむり光《ひかる》が黒髪豊かではおもしろくない。ここでは詳述しないが、詠風にも個性はあり、狂歌師連中が一字一句を吟味して一首を仕立てたことは研究もなされてきた。

石川自身、85ページの引用箇所につづけて、「この簡単な事実を説明するためには、複雑きはまる天明狂歌師の列伝を本に書かなくてはならないだらう」と記す。しかし、「たとへば」と言いながらも、狂歌師伝を綴《つづ》ってゆくわけではない。代わりに、天明狂歌における蜀山が、元禄《げんろく》俳諧における芭蕉、古今集における貫之の俳諧化であるという方向へ論を進めていってしまう。

思えば石川は「あけら菅江」で菅江と四方山人《よもさんじん》こと南畝の資質と志向の大きなちがいを述べていたが、これは無名人格論とどうかかわるというのだろうか。石川に先行した「天明狂歌」の用例のひとつとして先にふれた菅竹浦『近世狂歌史』が、すでに個別の狂歌師の伝記的事項と代表歌を紹介していた。これも当然、石川の視野にあろう。狂歌師の伝を知れば知るほど狂名や詠風にその属性や個性の反映が見られることも、実はわかっていたのではなかったか。

そのように仮定するならば、石川は「江戸人の発想法について」において、江戸文化に一貫して俳諧化という操作が見られるというその一点を純粋な形で提示するために、誇張を承知で、言わばレトリックとして天明狂歌師が個性を脱却した「無名人格」だったと論じたのではないかとも思われてくる。

作家当人にとっては無粋でしかないことを承知で、さらに詮索をつづける。「狂歌百鬼夜狂」に狂歌師の年齢を書いたくだりがある。「大屋裏住こそときに五十二」ながら、「赤良は三十七、参和はそれと同年、東作はそれより一つ年上」として、以下、参加者らがみなこれより若かったことを述べる。それをふまえて天明狂歌は「青春の運動」で、「老朽の徒はかへつてこれに参加しないといふ事情があつた」という。裏住、赤良は伝記に照らしてそのとおり、黄表紙作者として知られた唐来参和《とうらいさんな》は、現代ではそこから五歳の年長であることが判明しているが、当時は南畝と同年とする解説もあったことから、やむを得ないこととしよう。

問題は平秩《へづつ》東作の年齢である。この人が、南畝と学問上は同門ながら、二十三歳もの年長だったことは、その頃すでに森銑三の詳細な研究があった(「平秩東作の生涯」「国語国文」一九三三年七・八月号)。それを見ていなくとも、前出の『近世狂歌史』をはじめとして諸書に簡略には記されていた。なにより南畝が十九歳で江戸の俗文芸界に華々しく登場するきっかけとなった『寝惚先生文集』の原稿を板元に紹介したのがこの人だったことは、先述のさまざまな南畝伝のなかで記されている。その一点からしても若い南畝よりもだいぶ経験に富んだ人物だったことは明らかだろう。石川はそれをあえて、さりげなく「一つ年上」としたのである。

多くの参加者のうちのひとりという位置づけの裏住は多少の年長でもよいが、「狂歌百鬼夜狂」巻頭に記文を冠した中心人物のひとりだった東作が、「老朽の徒」であってはならない。石川はそう考えて、天明狂歌を「青春の運動」として描きだすことを優先したのではないか。石川淳という人の学識を、最大限に信頼するならば、そう推測することになる。

「俳諧化」「やつし」論の先駆性

石川があえて個々の狂歌師の属性や個性に目をつぶってまで純化して語った江戸文化における「俳諧化」という操作の重要性は、たしかに論じる価値のある先駆的な指摘だった。

当時、市井の研究家たちは、めずらしい古典籍や人物への興味を掘り下げることに熱心で、アカデミズムのなかで江戸文芸を論じた学者たちも構築された文学史に即して主要な作者とジャンルの発展史の研究に専心していた。発想や手法という視点でそれらに共通するものについて思考するという枠組みそのものが存在していなかったといってよい。

それが、その後、「やつし」の多様な展開が注目されるようになる。近世前〜中期の演劇や散文を幅広く研究した信多純一《しのだ》（一九三二〜二〇一八年）が一九七九（昭和五十四）年に著した「にせ物語絵」がその先駆けだった。表題は『伊勢物語』全編の逐語的もじりで知られる仮名草子『仁勢物語』の版本挿絵を意味する。この作品は、本文だけでなく挿絵や造本まで当時普及していた『伊勢物語』版本を模擬した徹底的な戯れだったが、以後、文芸でも絵画・挿絵でも、古典的な作品を当世化して遊ぶことが「小説・詩歌・演劇・風俗等々文化一般にまたがる事象」となったことが広範に例証された。文中に言及はないが、まさに石川の言う「発想法」がいかに幅広く展開されたのかを具体的に実証した研究となっていた。

「やつし」をめぐっては、さらに近年、盛んに議論されるに至る。江戸文化の重要な概念のひとつとして、ことの雅俗を問わず、あるものごとを、類似点のある別の事象になぞらえることをいう「見立て」が、古典の卑俗化である「やつし」と長らく混同されてきたことが指摘され、海外の浮世絵研究者も参入してその定義について論争がおこなわれた。その盛り上がりを受けた国文学研究資料館のプロジェクトで、俳諧研究者加藤定彦（一九四七〜）が「やつし」研究を手がけ、「やつしと俳諧」（二〇〇二年）、「やつしと庭園文化」（二〇〇五年）によって、俳諧からはじまったこの操作が、作庭など江戸文化で広くおこなわれたことを明らかにしている。

石川淳の所論は、このように今日につながる視点を数十年前に先取りしたものだった。

南畝との距離と関係性

石川淳は、一九六〇（昭和三十五）年に戦時中に書いたものをふりかえる小文「戦中遺文」を記す（「新潮」同年五月号、のち『夷斎饒舌《じょうぜつ》』に収録）。新潮社に保存されていた原稿を顧みての執筆で、対象となったのは「散文小史―一名、歴史小説はよせ―」ほか二編だった。そこでかつて、南畝を熱く語り、他方で馬琴を否定したことを冷静に見つめ直して、こう記している。

わたしは蜀山を褒めあげることにやつぱり性急すぎた。馬琴をたたいた釣合上、［略］このむらむら流の書き方では、わたしはどうしてかう蜀山に凝つたのか、気が知れないやうに見える。おもへば、蜀山のことはほかにも書いた。凝つてゐたことは、いくさのあひだの生活上の事実であつた。

この文章をめぐって、「蜀山人敬慕の念は終生変わらなかった」と前置きしつつも「その熱は醒めた」とし、右の一節を「蜀山熱の醒め具合をみずから確認する仕儀」とする解釈がある（揖斐高「石川淳と江戸文学」）。ここに表出された微妙な感覚は、どのようなものだったのか。

ここで石川は、自身の「このむらむら流の書き方では」、なぜこの人に没入したのか「気が知れないやうに見える」という。これは、南畝に傾倒したことそのものを悔いたというより、感情のたかぶりから非合理的な書き方になったのを恥じた言い方ではなかったか。石川は少なくとも『万載狂歌集』を『古今集』の俳諧化とする自説について、修正の必要を感じていたとは思われない。「文学界」の連載『夷斎遊戯』の一編として一九六二（昭和三十七）年四月号に、これを参照枠として、戦国時代の落首を論じる「即興」を発表しているからである。

南畝への言及は一貫して止《や》むことがなかった。一九五五年の「東京新聞」夕刊の連載「一虚《いっきょ》一盈《いちえい》」中、人間の幸福を論じる「〝禄〟といふ字は……」で南畝の狂歌を枕とし、「新潮」一九五六（昭和三十一）年七月号「墓とホテルと……」において、「わけがわからない」もののつながりだけで南畝旧蔵の易学の写本を連想する。「新潮」一九五七（昭和三十二）年六月号「京傳頓死」では、南畝自筆の雑記帳に記された戯作者山東京傳の末期の記事からふたりの関係に思いをめぐらせた。一九五八年の岩波書店『日本古典文学大系』の月報に載せた「蜀山断片」は南畝を主役とする巻で彼について書くという依頼だったろうから当然としても、一九六一年秋には「文学界」十二月号掲載の『夷斎遊戯』「十日の旅」で、茶店に腰掛けた自身の姿に、「死なざやむまい三味線まくら」をもじった「蜀山の地口」「田舎ざむらひ茶店にあぐら」（正確には南畝の随筆『俗耳鼓吹《ぞくじくすい》』に見える当時評判の地口の記録）を思う。

南畝については、その後も、最晩年までふれ続ける。なかでも石川にとっての南畝の存在を端的に示した例が「すばる」一九八三（昭和五十八）年十月号初出の「狐」だろう（『夷斎風雅』所収）。大正期に刊行された名高い近世随筆集『鼠璞十種《そはく》』で活字化されてもいた大郷信斎《おおごうしんさい》の随筆『道聴塗説』の一章を題材とする、石川自身も認めるありふれた狐の話だが、「大田南畝が引合に出されてゐるので」取り上げるという。先ほど73ページで触れた文章で三村竹清は「蜀山と聞くと全くおやぢの噂をされてる様な」と書いていたが、石川にとっても、南畝はもはや、名を見ただけで書かずにはいられない存在となっていた。

ここにはたしかに戦時中の南畝語りほどの熱量はない。とはいえ、関心はまったく失われていない。南畝は、石川にとってむしろ自身の一部となっていたかのような語り口ではないか。

視座としての南畝

では、石川の〈江戸〉において、南畝は単なる身内のような存在にすぎなかったのか。

石川の関心のひとつに、近代小説に至るまでの散文概念の発達のことがある。先述の「散文小史」において石川は「近世の散文史では、西鶴、秋成、京傳をへて春水の人情本が四つの星座である」と記したが、そのうち、とりわけ筆を費やしたのが上田秋成と山東京傳だった。

秋成については、石川は一九四二年に『雨月物語』をはじめ代表作を現代語訳して小学館から出しており、その出会いにおいて南畝との関係は云々しなくてよい。とはいえ、当時のその解説でも秋成と南畝との交渉にふれていた。さらに秋成没後百五十年記念の講演録として「文学」誌上に掲載した一九五九（昭和三十四）年の「秋成私論」では、秋成が世に出した最初の散文作品『諸道聴耳《ききみみ》世間猿』以下諸作品を取り上げ、文章表現についてことばを尽くして語る。そのなかに南畝との逸話をはさむ部分がある。別号で書かれた『世間猿』が秋成の作であったか否か、南畝が、秋成との共通の知人田宮由蔵仲宣《ちゅうせん》に問い合わせたところ、それを聞いた秋成が激昂したという一話である。これは秋成側の資料で確認できるはずもなく、南畝編『一話一言』としてまとめられた随筆の巻三九（『大田南畝全集』本による）に書き留められた田宮の書簡から知られる逸事だった。秋成を論じるにあたって、南畝の著作に通暁した石川は、この逸話を想起したのだろう。

石川はこの時の秋成の怒りの理由を、「書いたものも井戸に沈めたといううわさ」に絡めて「自身で放棄した作品のことを言われた」からだと推測している。ただし、それでは史実の先後に合いそうにない。田宮の書簡は一八〇二（享和二）年九月とされ、石川自身、ここで有名なこととして記す秋成の著作破棄事件は数年後の一八〇七（文化四）年のことだった。秋成がそれ以前の一八〇〇（寛政十二）年にも同様の行為をしていたことが、近年、大正期に編まれた『秋成遺文』所収の書簡から指摘されてはいるが（近衛典子「寛政年間の秋成のこと二、三」）、「無益之著作［略］今度一帚」というだけのわずかな文言に石川が気づいていたのか、どうか。この時の石川の文脈でいえば、南畝との一件は秋成の著作廃棄の意味を述べる導入に過ぎないものでしかない。そこにあえて史的因果関係もあいまいな両者の交渉を入れこんだのだ。

京傳は、南畝がひとまわり若いこの作者を駆け出しの頃に激賞したことから江戸の俗文芸界随一の書き手となったことがよく知られている。石川自身、先にも言及した一九五七年の「京傳頓死」において、南畝の追憶の記によってふたりの関係をあらためてたどっている。石川にとって、京傳を語ることは南畝と切っても切れないことだったのではないか。石川はこの二年前、先にふれた随筆「一虚一盈」の連載で南畝の狂歌を引いた「〝禄〟といふ字は……」の次に、「山東京傳の画幅」を記している。ここには明らかな連想関係があろう。

石川は、先述した晩年の『江戸文学掌記』においても京傳を取り上げる。その題も「山東京傳」、もとは一九七九年に三カ月にわたって「新潮」誌上に連載されたものだった。洒落本における描写の細かさ、そこにおける廓《くるわ》の意味などを論じきったのち、京傳がその後、精力を傾けた「じみな筆録の場」として考証随筆を紹介する。諸習俗の由来や変遷について文献や伝承によって考証するこの分野は、江戸時代後期、文人・学者・戯作者が盛んに手がけて発展した。石川はそこで京傳の著作に南畝が序を寄せたことを記して「この先達の文人は、天明のはじめの黄表紙から文化の末の随筆まで、つねに京傳の知己として渝《かわ》らなかつたやうである」と述べている。このように、江戸時代の文芸を見る時、そこに南畝がどう関与したかということがおのずと脳裏をよぎるほどに、石川はその視点を内面化していたのではなかったか。

『江戸文学掌記』の前にも、石川が南畝を通して江戸文化を見ていたことがわかる記述があった。先述の「喜寿童女」で花女に施された若返りの秘法というのが「清医《しんい》胡兆新《こちょうしん》」伝来とされる。長崎で唐館に滞在した歴代の医師のなかでも、あえて南畝が官吏として赴任した時に親しく交わった人物の名を選んだのだ。また書のあり方を論じる「無法書話」(『講座中国V 日本と中国』筑摩書房、一九六八年)において、江戸の書家の弁を聞こうと引用したのは、沢田東江《とうこう》という天明前後に人気を博した人の書話だった。この人もまた、書家としても戯作の先輩としても南畝が慕った人物で、石川はそこに南畝との逸話を書き添えていた。

こうして南畝に寄り添って思考するからこそ、「江戸のいいところと申せば、どうしても明和、安永、天明あたり」(「江戸文学について」一九七二年講演、「中央公論」同年十一月号)となる。

筆者も主観的には賛同するが、これが南畝好きの贔屓目《ひいきめ》に過ぎないことは、石川が好まなかった馬琴読本への世の関心の高さ、あるいは近年の北斎や歌川国芳らの人気ぶりを思えば明らかだろう。いずれも南畝の一、二世代下の文化以降に最盛期を迎えた作者、絵師たちである。

『江戸文学掌記』のほかの七編にも、たびたび南畝の視点が垣間《かいま》見える。天明狂歌の精神滅亡後の「生残りの一人」、宿屋飯盛に与えられた呼称をとった「遊民」の編は、この南畝の高弟の行方を見定めたものだった。百花園、通称花屋敷を開基した佐原菊（鞠）塢の著述から向島の地のことを綴った「墨水遊覧」の編で、石川は「なほ花屋敷にあそんだ文人にはまづ大田南畝をあげなくてはなるまいが、わたしは南畝のことを菊塢とならべてごちやごちやに書く気がしない」と記した。園主の商売根性からは隔離しておきたい、それでも南畝を思い出さずにはいられないという両義的な感情をそのままに表明したといえる。尾張の俳人を取り上げた「横井也有《やゆう》」は、南畝がこの人の俳文集『鶉衣《うずらごろも》』の風を慕って江戸で上梓したことから筆を起こす。也有を追いかけることは南畝を後追いすることであり、この編もまた最後まで南畝とともに語られる。江戸時代初期に狂歌めいた歌を詠んだ異色の歌人を取り上げた「長嘯子《ちょうしょうし》雑記」は、最後の付記に至ってその興味の糸口に南畝があったことを開示する。『万載狂歌集』に伝長嘯子の歌を採録することなどを論じつつも、天明狂歌との質的なちがいを「身の振方に相違あり」とし、さらに「天明狂歌の運動はすべての先行のざれうたに一泡ふかせたものであった」と付けくわえる。このようなことばを、この編の末というだけでなく、『江戸文学掌記』の掉尾《とうび》におくことの意味、つまりその全編にかかわる南畝の存在感が示唆されるということも、石川にとってもちろん計算のうちだったのではないか。

南畝の方法を試みる

石川淳が〈江戸〉へと足をふみ入れたところから、その世界での経験と達成を追いかけてきて、ここで紙幅が尽きようとしている。石川によるやつし、吹き寄せ、ないまぜといった江戸文芸の方法の摂取は、近年、さまざまな形で論じられていることについてここではあえて論じない。とりわけ次章において論じられる『狂風記』との関連で注目される、歴史にあり得た別の可能性として創作するという方法が、秋成の『春雨物語』に見えていることについても、事実の指摘にとどめる。ここではそれに代えて、つとに江戸文芸の表現手法を取り入れたと考えられる例として、狂文の作り方を試みたらしき小品にふれておく。

石川が早くから南畝を方法的にも学ぼうとしていたらしいことは、野口武彦「『やつし』の美学」が論じている。石川自身に擬される「雪のはて」の主人公が「蜀山の狂文学の技術を、操作を、わたしみづから体得しよう」と考えていた。まさにこの小説と同じ、一九四二年の「文庫」第二巻第九号に掲載された「柳の説」こそ、その一例ではなかったか。

「柳の説」は、石川がやはりこの頃に現代語訳に携わっていた『雨月物語』のうち「菊花の約」冒頭におかれる、原話の中国白話小説から取られた詩句から説き起こされる。これをはじめとして、蘇東坡の絶句、また柳腰の語の出典となった杜甫《とほ》の漢詩が俳書に引かれた例から、明治の長唄で俗化するところまで、柳を軽薄で柔弱なものの象徴とみなす和漢の詩歌の系譜をたどる。一方で古く季節を強調した万葉歌、近くは室生犀星《むろうさいせい》が再発見したという蕉門俳人凡兆の句によってみいだされた「自然の秘密の美」までくると、柳も軽薄、無用などと言われる余地はなくなる、と説く。このように和漢古今雅俗にわたる柳をよむ詩歌を自在に行き来する。その上で、柳をその見かけの弱さから「柔弱で軽薄で役に立たんときめつける」のは、みずから強いと信じこんだ見かけだけの強者と変わらず、それがみずからの「強いといふ実感を捏造」するのを「ほんたうの軽薄といふ」と結ぶ。時局に照らしてさまざまな寓意を読みとりたくなるのは措《お》いて、ここでは叙述の方法に着目しよう。

主題と関連する故事、詩句などを和漢雅俗、時代や分野を超えてよせ集めて文章を仕立てるのは、俳文や狂文の手法だった。「説」という題の付け方がなによりそれを物語る。「説」は元来、古代中国以来の漢文の文体（様式）のひとつである。日本でも普及した、宋代に編まれた詩文集『古文真宝』に収められた文章でもたびたび取られてよく知られた形式だった。「記」「論」「賛」などとともに、これら漢文の諸文体を俳諧に取りこんだ俳文集が芭蕉の門流で作られるようになり、也有の『鶉衣』の文章もその影響下に著された。それを南畝が狂歌の世界に取り入れて狂文という分野を拓く。「説」でいえば、南畝の狂文集『四方のあか』（一七八八〈天明八〉年）には「月見の説」が、さかのぼって蕉門の俳文集『風俗文選《もんぜん》』（一七〇六〈宝永三〉年）には、素堂「蓑虫説《みのむしのせつ》」、許六「師説」、芭蕉「閉関説」など一〇編が収められている。

わざわざ「説」と明記して柳にかかわることばを集めてその性質を解きあかす形式をふまえて書かれたこの文章は、やはり俳文・狂文を意識した石川の実験だったと見てよいのではないか。その後、石川がこれを発展させて俳文ないし狂文の形式を試みた形跡は見られないが、江戸文学の方法そのものを取り入れようと試みた可能性のある早い例として提示しておこう。

石川淳の〈江戸〉は、古典籍のうちにあった。石川は愛書の世界を通じてその先達として南畝に出会い、文章に惹かれて時にその方法を会得しようと試みたこともあったらしい。今日に至る江戸文芸の研究を先取りするような洞察を示したのち、視野も知見も経験も大きく広げるなかで、戦時中の南畝熱を冷静にふりかえることもあった。それでも視点は南畝とともにあり続けた。石川をそうあらしめたのは、古典文学の権威を軽々と弄んだ南畝の自由さか、原点にある愛書という共通点か、はたまた書物の知識に裏打ちされた南畝の文章表現力か、そのいずれでもあったろうか。

第三章
石川淳『狂風記』論
——〈江戸〉がつなぐもの

帆苅基生

この章では、石川淳が一九七一（昭和四十六）年から十年近くかけて完成させた石川淳文学の集大成とも言える一大長編「狂風記」を石川淳文学を研究する帆苅基生《ほがりもとお》氏に紹介してもらう。江戸との関連も含んだ物語内容の吟味はもちろんのこと、発表の舞台となった集英社発行の文芸誌「すばる」のこと、発表時の時代状況など、この代表作が多面的にとらえ返される。浅田彰・蓮實《はすみ》重彦らニューアカ・ブームを担ったいわゆるポストモダン派の論者たちからの評価が低かったという指摘からは、高度経済成長末期の消費ブームと連動していた「江戸ブーム」を、『狂風記』刊行等を機にささやかれた「石川淳ブーム」と短絡・混同し、自身が消費ブームに支えられていた論者たちが見当ちがいに批判していたといういささか滑稽な構図が、失われた三十年のさなか、ネオリベの時代のさなかにいる私たちには見て取れるかも知れない。

この章を読んで、帆苅氏が「いわゆる近代的自我や近代文学的な見方というものとはちがう、人間観や歴史観、文学観がある」とする独創的な石川淳文学の世界へ分け入って頂きたい。

（山口）

はじめに――現代の「八犬伝」

「狂風記」は一九七一年から一九八〇（昭和五十五）年のおよそ九年かけて連載された、石川淳のなかでももっとも長い小説である。だからこそひとつの論点に集約できないさまざまな魅力を抱えている。

鈴木貞美氏は「狂風記」を「総合小説」であると論じている。「総合小説」とは「作家が自身の追究してきたものを総合し、己の世界を築くもの」であり、「自らの方法的試行を総合化してライフワーク的な営みを行おうとする志向」が見えるものだという（「『昭和文学』の成熟」『昭和文学全集』別巻）。

このように「狂風記」にはひとつの論点にとどまらない、検討すべき課題が詰まっているが、それらすべてをここで考察することは難しい。そこで今回は、本書のもととなったシンポジウムの企画テーマが「一九八〇年代の〈石川淳〉と〈江戸〉」であったため、〈江戸〉を切り口に「狂風記」を読んでいきたい。

「狂風記」と〈江戸〉という視点から見てみると、興味深いものが見えてくる。連載が終了し、一九八〇年十月に集英社から『狂風記』上下として刊行された時の、桶谷《おけたに》秀昭と奥野健男のふたりの評論家の書評を見てみたい（以下、引用中の傍線は筆者による）。

この反レアリズム小説がくりひろげる濃厚にして雄渾《ゆうこん》な世界は、この老作家の年齢をすこしも感じさせない、活力にあふれている。

坪内逍遙以来の写実の伝統をまったく無視した小説であり、いってみれば、これは、現代の八犬伝である。（桶谷秀昭「奇想天外、大ホラ話　今月完結した石川淳の「狂風記」81歳を感じさせぬ迫力」「北海道新聞」一九八〇年三月二十四日夕刊）

これは今年度、いやここ十年間の最大の日本文学の収穫であり、文学的事件と言っても過言ではない。

石川淳、それはポピュラーな名前ではない。今の若い人々にはその名さえ知らない者もいるだろう。そして文学愛好家たちは、石川淳を尊敬する余り、その存在を神格化、神話化して雲の上に押しあげてしまったきらいがあった。今度の『狂風記』は石川淳を今まで読んだことのない若い読者にも、石川淳を雲の上に祭りあげていた文学愛好家にも、衝撃を与えずにはいない快作である。何しろ読みはじめたら、たちまちこの妖しくもおかしく、絢爛《けんらん》たる波乱万丈の物語宇宙に引きこまれ、我を忘れて夢中になってしまう。文学、小説とはこんなおもしろく、力強いものであったのか。こんな素晴らしい小説が、このシラけた現代においても、しかも矮小な日本においても可能であったのか。読んだ人々は誰でもそう思うに違いない。〔略〕

江戸時代の八犬伝や歌舞伎を、中国の西遊記や水滸伝を、十八、九世紀のヨーロッパの大ロマンを、そして現代のSFや劇画やポルノまで、すべてを自由自在に縦横に駆使している。虚構の虚構であるが、たくましいリアリティーがあり、現代人の不安な自我や絶望感も投影され、それらが作者の古今東西にわたる豊かな教養、知識によって支えられている。そしてこれが最も重要なことだが、この小説が作者の鋭い文明批評、世界観、文学観に貫かれ、未来へ向かっての壮大で深刻な予言になっていることである。〔略〕

ぼくはこの『狂風記』によって三島由紀夫の死後、志を喪《うしな》い、ダイナミズムを忘れ沈滞していた日本文学は、新たな活力を蘇《よみが》えらせるのではないかとひそかに期待する。『狂風記』は泉鏡花以来の最大の伝奇小説であり、現代文学の未来に向かっての最前衛の文学でもある。

（奥野健男「『狂風記』と石川淳文学」「サンケイ新聞」一九八〇年十月三十日夕刊）

以上引用したふたりの批評家が、こぞって「狂風記」を「八犬伝」になぞらえている。言うまでもなく、坪内逍遙《しょうよう》が『小説神髄』のなかで、「八犬伝」を厳しく批判し、江戸の戯作から決別することが、日本近代文学の萌芽《ほうが》となった、と言われている。しかし桶谷は「狂風記」を「現代の八犬伝」と高く評価し、また奥野は「八犬伝」的な要素を含んだ「狂風記」に従来の文学の読者層を広げる可能性がある「現代文学の未来」を見ている。[*1] ふたりの評言を借りれば、「八犬伝」から決別することでスタートしたはずの近代文学が、一九八〇年のここに至って再び〈江戸〉に還《かえ》ってきたと言えるのかも知れない。しかも本来捨て去られたはずの古びたものが、今度は「現代文学の未来」「前衛」となってあらわれている。ここに石川淳の「狂風記」の切り口を〈江戸〉という視点にするおもしろさがあるように思われる。

さて今まで〈江戸〉という言葉をあいまいに使ってきた。時代を指すのか、場所を指すのか、文化を指すのか、きちんと定義がされていないという批判を受けるかも知れない。しかしここではむしろ〈江戸〉という語から喚起されるイメージの総体に寄りたいと思う。

そこで本稿では「狂風記」における〈江戸〉的なものとは、パロディー、重層性、連続・連環的なものごとのとらえ方などにあらわれているのではないかということを検討していきたい。それらを通して、〈江戸〉ということに重きをおいて文学活動を展開した石川自身の思想の片《へん》鱗《りん》のようなものが浮き上がればよいと思っている。

まず「狂風記」のような小説が誕生し得た背景について見ていきたい。

集英社と「狂風記」

九年の歳月をかけて、自由闊達《かったつ》に石川は「狂風記」を書いた。ありとあらゆるものを注ぎ込むようにして完成した「狂風記」は、先に挙げたように高く評価された。なぜこのような小説が成立したのかを考えるためには、まず小説連載の場を石川のために用意した、集英社と文芸誌「すばる」についてふれておく必要があるだろう。石川淳が「すばる」に連載した小説を以下に簡単に記す。[*2]

- 一九七一〜一九八〇年「狂風記」
- 一九八一〜一九八二年「六道遊行」
- 一九八四〜一九八五年「天門」
- 一九八七〜一九八八年「蛇の歌」（絶筆）

一九七一年に「狂風記」の連載がはじまってから、一九八八（昭和六十三）年「蛇の歌」が石川の死去により途中で終わってしまうまで、新作の小説はすべて「すばる」に掲載されている。それまでの石川の活動を見ると集英社との関係が深かったようには思えない。

しかし「狂風記」以後、石川と集英社の関係がものすごく密なものになっていることがわかる。ちなみに「狂風記」は売り上げでも集英社に貢献したようで、社史[*3]を見ると集英社が刊行した一九八〇年度の文芸書の売り上げランキングでは、山口百恵の『蒼《あお》い時』、渡辺淳一『流氷への旅』にならんで三位となっている。一九八〇年度の集英社社員が選ぶ社内一〇大ニュースのなかにも、『狂風記』などの文芸書が話題になったことが挙げられている。

集英社と石川のこのような関係はなぜはじまり、そしてそれはいつからなのか。それは文芸路線に力を入れたい出版社と、思う存分自分の持っているものを注ぎ込んだ小説を書いてみたい作家との間に、幸福な利害の一致が生まれたからだと言えるのではないだろうか。

まず集英社と文芸誌「すばる」についてふれておきたい。

なぜ集英社は「すばる」を創刊したのか、創刊当時のことを報じた記事を引用したい。

一方、集英社の「昴」は五月に創刊される。かつての「スバル」は明治四十二年から大正二年にかけて、平野万里、石川啄木、吉井勇らを編集同人として発足した文芸雑誌で、森鷗外や上田敏らも寄稿した新浪漫主義文学運動の拠点だった。今回の新雑誌はこの「スバル」の創造性を現代に生かしたいという趣旨から、同じ誌名を使ったという。編集は社会的文化的な広い視野から、総合的に文学に取り組む方針らしく、小説偏重の従来の文芸雑誌とは、かなり違ったカラーになりそう。

創刊号の特色をひろってみると、哲学者の梅原猛氏が「神々の流竄《るざん》」という百五十枚の連載評論（第一回）で、古代日本精神史を論じているほか、安東次男氏が「芭蕉《ばしょう》七部集」を寄せている。特集「変容の時代」では高階秀爾、坂崎乙郎、粟津則雄、川村二郎氏がエッセーを執筆。創作では若いアメリカ人の新人ジョン・フィリップ・ロウ氏の連載「われらが歓呼して仰いだ旗」（二百枚）を予定しているほか、日本の作家の短編を掲載する。編集長、安引宏氏は「西欧的な分野にくわしい人に、伝統的なものを検証してもらう方針をとりたい。号を重ねるにつれ、古典から文化人類学、社会科学へとワクをひろげていきたい」と語っている。

（「手帳―季刊文芸誌相つぎ発刊」「読売新聞」一九七〇年四月四日夕刊）

この記事によれば「すばる」は、「創造性を現代に生か」すために、「総合的に文学」を扱うような文芸誌をめざし、西欧から古典まで幅広い知見を結集させ、他社の文芸誌にはないものをめざそうという高い志が窺《うかが》える。

このような文芸誌を創刊しようと思った背景には、一九六〇年代からの集英社の総合文芸出版社へと転換しようという戦略が垣間《かいま》見られる。

出版社の経営戦略に詳しい塩沢実信は集英社の事情について以下のように述べる。

（帆苅註：「日本経済新聞」のコラムのなかに）歴史の浅い文芸出版をどうやってふとらせるかがそれ……と書いている。ヤマタノオロチをもってしても、ままならないといわれるのは、文芸雑誌「すばる（昴）」であった。

昭和四十五年に創刊され、七年間は季刊誌だった。それから隔月刊に移し、二年間の準備期間をおいて、ようやく月刊に踏み切ったのだった。発行部数が一、二万部台の雑誌を月刊にするまでに九年の歳月を費やしたということは、この種の雑誌が純文学作家のサンクチュアリ（聖域）であり、作家生命を賭けた桧舞台だったからである。

つまり、作品の質が問われる命がけの舞台であり、作家は原稿依頼を受けても、作品の世界が発酵しないことには、一字一句もマス目を埋めることのできない分野だったのだ。その上、当初、集英社の社名では純文学作家がなかなか執筆してくれない雰囲気もあった。講談社が純文学雑誌「群像」を創刊した当時と、まったく同じ状況におかれていたのである。

これは、出版社がただ利潤を追求する企業体ではなく、文化的理想を追求する人たちの集団と考えられている面があり、その姿勢に乏しいと見られる社は、純文学作家には見向きもされない傾向があったのである。（塩沢実信「マンガ文化とヤング・アダルト路線を驀進中―集英社」『売れば文化は従いてくる―出版12社の戦略と商魂』）

小学館の子会社としてはじまった集英社は当初は子ども向けの雑誌や本を扱う出版社であったが、のちに「週刊少年ジャンプ」や「りぼん」といった漫画雑誌で成功していく。それを元手に、総合文芸出版社へと転身をはかろうとする。出版業界の習いとして、文芸出版こそが総合文芸出版社の精神的な根幹であり、とくに純文学を扱う文芸誌を持つことこそが、出版社としてのステイタスとされた。

集英社は一九六〇年代から盛んに、文学全集をはじめとしたさまざまな全集の企画刊行をし、また文壇では重鎮になっている作家たちの自薦作品集なども数多く刊行している。なかでも川端康成が一九六八（昭和四十三）年にノーベル文学賞を受賞した際に、集英社から刊行していた自薦作品集の特装版を作製し、川端はそれをストックホルムに持参し、現地に寄贈した。

このように文芸出版に力を入れていた集英社は、念願の文芸誌を刊行することになる。しかし塩沢が指摘しているように、海のものとも山のものともつかない新進の文芸誌に作家たちがやすやすと書いてくれるような状況にはなかったようである。

そこで白羽の矢が立てられたのは、「最後の文人」と称された石川淳であった。当時の事情について「すばる」初代編集長の安引《あびき》宏が以下のように語っているのが興味深い。

創刊号が出て、さっそくお持ちしたとき、［略］じつは種《たね》はひとつあるんだけどねと言って見せられたのが、一冊の木版本だった。れいの安政の大獄の敵役《かたきやく》、長野主膳の筆になる忍歯《おしは》の尊の展墓記だという。一回五十枚。回数制限なし。先生流に言えば、三回で終わるかもしれないし、おたくは季刊誌だから、四、五年はかかるかもしれないし——ということで、はじめて連載の話が具体的になったんです。

（安引宏「『狂風記』執筆開始まで」「読書情報」一九八〇年第九号）

これを見ると、石川が書きたい小説の「種」を自由にふくらませて、枚数、期間、回数等すべて無制限で好きなだけ書かせてもらえるという条件（むしろ無条件）があって、連載の話が具体的になったことがわかる。このような破格の待遇で迎えられることで「狂風記」が誕生することになったのだ。

また「狂風記」連載以後も、この破格の待遇がつづいたことが「すばる」の石川の担当編集者で、後に「すばる」編集長になる水城顯《みずしろあきら》の証言からも窺える。

『狂風記』の完結は五十五年四月で、以後、『六道遊行』『天門』、惜しくも絶筆となった『蛇の歌』と、精力的な長篇小説の連載がつづくわけだが、先生はいついつから次作を始めるとは決しておっしゃらない。

ある日、突然来訪され、いつものように新聞紙に包んだものをおもむろに取り出しながら、「第一回目の原稿ができました」

と、大声で言われる。ところがその後がいけない。

「要らないなら、これから矢来町（新潮社のこと）へ持って行きます」

どこかに笑いをためた先生の顔が、このときほどニクサゲに見えたことはない。

（水城顯「晩年点描」「すばる」石川淳追悼記念号、一九八八年四月臨時増刊）

書きたいものを、書きたいタイミングで、好きなだけ書かせてくれる。そういう場が与えられたからこそ、「狂風記」以後の石川の長編小説群は生み出されたのである。

余談ではあるが、石川の「狂風記」が単行本として刊行される際、集英社刊行の、たとえば「週刊少年ジャンプ」などの漫画雑誌や「週刊明星」などの一般誌が盛んに広告を出しているのではないかと思ったが、山口百恵の『蒼い時』の広告は盛んに打たれているのに対して、「狂風記」に関しては管見の限り「すばる」に掲載されたのみである。あとは新聞広告であるとか、他社の文芸誌に広告を出している。ここから考えるに集英社としては純粋な〈文芸〉路線で扱おうと思ったものが、はからずも広く売れてしまい、石川の小説のなかではベストセラーと言えるものになったのではないか。

こうして社運をかけて創刊した文芸誌を軌道に乗せ、また文芸誌としての箔《はく》をつけるために、最後の文人として重んじられる文壇最古参に書いてもらいたい出版社と、一方好きなものを好きなだけ書かせてもらいたい作家、この両者の利害が一致することで蜜月関係が生まれ、〈総合小説〉としての「狂風記」が成立したと言えるだろう。出版社の思惑と、作家の創作意欲が合致することで生まれた「狂風記」が多くの人に読まれたことは文芸出版の歴史のなかでも幸福な出来事であったと言えるのではないか。

「狂風記」の重層的構図

では、〈総合小説〉としての「狂風記」のなかには、どのように〈江戸〉というものが盛り込まれているのだろうか。

「狂風記」は重層的な構図を持っており、時代で言えば、古代・幕末・現代という三つの時代が出てくる。これらはひとつのつながりを持ち、連環している。それではこの重層的な構図を支えるものはなにか。

古代の市辺押磐皇子《イチノベノオシハノミコ》、幕末の長野主膳と村山たか女、そして現代のヒメとマゴ、これらの三つの時代は、先に引用した「すばる」初代編集長・安引宏が回想のなかで言及していたふたつの書物（厳密に言えば三つ）によってつながることになる。それが『市辺忍歯別命《いちのべのおしはわけのみこと》山陵考』と『長野家置文の事』だ。

「狂風記」には以下のように記されている。

ヒメは押しいただくやうな手つきで、本を丁寧にあつかつて、ゆつくりひらいた。

「これはうちの先祖の長野主膳が自分で書いて、自分で綴ぢて、大事にかくしておいたものだよ。まちがつても他人の目にはふれさせない。ほかにもう一つ、おまへにはまだ見せないけれど、大事な本がある。二つともわが家の極秘の記録だよ。ここに書いてあることは、先祖のむかしよりも、もつともつと遠いむかしのこと。もしかしたら、今よりもあたらしいことかも。けふはやうやく機が熟して、おまへにこの本を読んで聞かせてあげようといふめぐりあはせのときが来たね。」

ヒメはソファをぴつたり寄せて、ほとんどマゴを抱きしめながら、ときにはあらましをすらすらと、またときにはわかりやすく嚙んでふくめるやうにして、くだんの本を読みはじめた。その表紙には市辺忍歯別命山陵考と達筆に墨書してあつた。

また、このやうな記述もされている。

雄略は一ミコを殺したのではない。これに矢を射かけたのは弑逆である。さう考へるといふのではなく、さうだときめつけた断罪であつた。すなはち、主膳はこのミコこそ倭の五王のあひだにかくれた一王と見て、その在位を信じきつてゐたに相違なかつた。［略］王たるの名をも抹消することをあへてした。正史にミコの諡号をとどめない所以である。史料抹消の禍はさらにさかのぼつておそらく履中にまでおよぶ。さだめて履中一族みなごろしのたくらみか。

これらは作中で『市辺忍歯別命山陵考』とそれに付けられた『長野義言血涙書』に書かれているとされている。

そしてもうひとつ出てくる書物として『長野家置文の事』というものがある。「この一巻には『長野家置文の事』と題してある」「筆の跡は女の手と見えて」「記すところは長野主膳一代の事蹟に係つてゐる。ただし、その生国、出自、生立、来歴については一語も措かない」、これらは埋木舎《うもれぎのや》にこの長野主膳がやってきたところから書かれており、この書物を現代において受け継いだのがヒメである。

「狂風記」のなかで幕末に書かれたとされるふたつの書物が古代・幕末・現代をつないでいる。長野主膳が書いた『市辺忍歯別命山陵考』、それにつづく『長野義言血涙書』の内容を、村山たか女が書いた『長野家置文の事』という書物が保証し、そしてヒメがふたつの書物が真実の歴史であると保証することで古代・幕末・現代がつながっていく。この幕末に書かれた書物をもとに、ヒメやマゴたちリグナイト葬儀社は歴史のなかで抹消された者たちの霊の力を集めて戦い始めることになる。

『狂風記』の完成直後の丸谷才一と石川との対談では、書物という形式について語っている。丸谷が「今度の先生の長篇小説『狂風記』、あの中には巻子本が二巻出ていまして、片方は長野主膳の書いた本ですけれども、それが中心で物語の原動力みたいになっている。長篇小説の中心部に巻子本二巻を置くというような仕組みも、やはり先生の本好きから始まったことなんでしょうね」と尋ねると、石川はそれについて、「どれが本物でどれが本物でないかという「手品の種明かしはいたしません」とはぐらかして煙に巻いている。

ちなみに長野主膳が書いたこの『市辺忍歯別命山陵考』は実在し、国会図書館にも納められている。石川は写本だと言っているが、国会図書館にあるのは木版版のやまと叢誌という刊行物のなかに掲載されたものである。ただし、その内容はあくまでここが市辺忍歯別命の陵墓であるということを措定したものに過ぎない。余談になるが明治になって、『市辺忍歯別命山陵考』をもとにしてイチノベノオシハノミコトの陵墓が公的に定められたことが知られている。

つまり国会図書館に納められている『市辺忍歯別命山陵考』では、本当は即位していた天皇を謀殺したというようなことは書かれていない。つまりもとあるものに石川が付けくわえるような形で成立したことがわかる。[*4]

このように幕末に書かれたふたつの書物を登場させることで、古代・幕末・現代がひとつなぎの連環したものになる、重層的な構図を持っていることがわかる。

大河ドラマ「花の生涯」からの着想

ヒメが預かった村山たか女が書いたとされる『長野家置文の事』は作中で創作されたものだと言えるが、ここに書かれているとされるものは、石川独自の発想だったのだろうか。実はそれは舟橋聖一の「花の生涯」の影響を受け、「花の生涯」をパロディーにしたのではないかという気がする。

「花の生涯」は、舟橋聖一が一九五二（昭和二十七）年から一九五三年に「毎日新聞」紙上に連載した歴史小説で、ＮＨＫの大河ドラマの第一回として一九六三（昭和三十八）年四月七日から十二月二十九日まで放送されている。大河ドラマ放送当時、石川と舟橋のふたりとも芥川賞の選考委員をしている。石川が同時代の先輩、同輩、後輩の作家の仕事に目を配っていたことはさまざまな研究のなかで明らかにされているが、それをふまえれば舟橋聖一の「花の生涯」を石川が読んでいたり、また放送された大河ドラマというものを意識していなかったとは考えにくい。明確な証拠があるわけではなく、仮説に過ぎないが、この大河ドラマ「花の生涯」からの影響を推し量らずにはいられないものを挙げたい。

朝日新聞のテレビ欄の番組紹介には「ＮＨＫテレビに、きょうから毎日曜（夜8時45分）、連続時代劇（帆苅註：実はこの当時はまだ大河ドラマという名前ではない）『花の生涯』が登場する」「第一回のきょうは、国学者・主馬が、『埋木舎』に自適の生活を送る直弼をはじめてたずねる。主馬はまた、かれの愛人となる遊芸の師匠・たか女と、この日はじめて相知った」と書かれている。「狂風記」の『長野家置文の事』にも同じく埋木舎をたずねるところから書かれている。後にニセモノだと言われることになるが、桃屋義一という人物が長野主膳の顔に似ているとされる部分と、舟橋聖一の「花の生涯」で建物の二階から村山たか女が、初めて長野主膳を見つけた時の、顔の特徴の表現、たとえば色白で面長であったり、眉が太くてすごく目力がある、という表現がとても似ている。

年ごろは四十がらみ、羽織袴といふ著附で、やせぎすのせい高く、おもながの色白く、頰はいくらかこけてゐても、鼻筋ぴんとして、広い額に濃い髪、太い眉、その目の光がまたするどく射つけて来て、しかもやさしげなふぜいの、絵にかいた公卿にも似たその顔は……

（「狂風記」）

年の頃は二十七、八。細長の顔で、眉は太く長いのが特長だ。然《しか》し目は切れ長で、色は白く、鼻筋が通って居るから、理智的ではあるが、柔い相である。

（舟橋聖一「花の生涯」）

もちろんさまざまな記録のなかにある長野主膳の記述や、後に描かれた肖像画もあるので、石川と舟橋が同じ資料に基づいたと言えなくはないが、先に書かれて刊行された「花の生涯」とそのテレビドラマ化が「狂風記」の連載よりも数年前であることを考えると意図的に重ねたのではないかという気がしてならない。ここにも歴史小説やテレビドラマにも目を配り、それを自作に溶かし込む、石川の関心の広さと、その斬新な試みの形跡を感じずにはいられない。

「狂風記」と一九八〇年代

「狂風記」の物語の主題は、謀殺と記録の改竄《かいざん》へと広がっていく。

古代のオシハノミコは一ミコとして『古事記』のなかに記述されているが、「狂風記」では大長谷（雄略天皇）によって謀殺されたものとして書かれている。また安政の大獄で暗躍した悪役として語られる、井伊直弼、長野主膳、村山たか女たちも「ねぢけびと」の謀略によって歴史のなかで真実をかき消されたものとして描かれる。先に述べたとおり、この謀殺され歴史を改竄された者たちの怨霊の力によって、ヒメとマゴたちが戦っていく。

マゴは市辺忍歯別命に重ねられ、ヒメが村山たか女に重ねられる。そして歴史を改竄した者たちに重ねられる〈敵〉も登場する。

〈敵〉のなかには、土建屋、右翼、改憲論者が出てくるが、それらを束ねるボスとして自家の歴史を、他家への乗っ取りを繰り返すことで都合よく修正していく鶴巻大吉という人物が描かれる。現在から一九八〇年代をふりかえってみてみると、いわゆる土建屋と右翼と改憲論者というのが底でつながっていることが明らかになりつつある。そのような状況を誰よりも早く指摘している点は正鵠《せいこく》を射ていて、驚嘆させられる。

しかし「狂風記」を今日読み返しておもしろいのは、時代の諷刺《ふうし》になっていたからだけではない。先にも言及したことだが、現在・過去・未来というものを切り分けるのではなく、これらがひとつなぎにつながっていくという発想のもとに書かれているところだろう。小説末尾に印象的なセリフがある。

「千年前の世界に立ちかへるとは、千年後の世界の幕をあけるにひとしい」

この言葉は、〈歴史〉あるいは〈群集〉のなかにある〈自分〉を、個別のものではなく、〈重層的な存在〉であることを受け入れると、言い換えられるのではないだろうか。これは、ただ単純に怨霊の力によって悪者を倒し、もとの地位を奪還する話ではない。過去と未来との連環、つながりのなかで現在の自分が存在している。それを受け入れることが、かえって現在の自分自身の存在を際立たせることになるという発想がここにはある。この怨霊を使っての復讐劇《ふくしゆうげき》に終わらないところに「狂風記」の小説としての魅力があるのではないだろうか。

「狂風記」が連載されている一九七五（昭和五十）年にすでに松田修は江戸ブームという言葉を、このブームを否定的に受け止めながら使っている。[*5] 松田がここで使う江戸ブームとは、過去の時代に関心を持ったり、家系図づくりに熱を入れる人が当時増えていたことを指している。この現状を、今の自分自身の存在というものを否定しづらい時代になっているからだと分析している。すなわち現在の自分自身というものをより良く位置づけるために、歴史を利用しているのではないかと、過去や歴史につながりを求めることを否定的に語っている。

ただ「狂風記」は、むしろ自分自身が歴史のなか、あるいは多くの群集のなかにいる。人々や歴史が重なり合うなかで、さまざまなものが蠢《うごめ》き合うなかで、むしろみずからの存在が立ち現れているととらえている。むしろ松田が否定的にとらえたものを肯定的にとらえ直して一九八〇年代に提示したところは特筆すべき点であろう。

こうして一九八〇年『狂風記』が出版され、『狂風記』が売れることで、石川淳ブームのようなものが起き、そして江戸ブームと呼ばれるものが起きた。

だがもう一方では、石川淳批判が同時期にあったこともひとつの現象としてとらえるべきではないだろうか。とくに石川淳批判を展開した人たちは、いわゆるポストモダン、モダン言説の中心にいる人たちであったことは見逃せない。その代表的なものに蓮實重彦の『小説から遠く離れて』が挙げられるだろう。


いうまでもなかろうが、石川淳が才能を欠いた作家だと主張する意図など毛頭持ってはいない。ただ、小説家として、とりわけ長篇小説の作家としての彼にしかるべき才能がそなわっていたか否かは、大いに疑問の残るところで、とりわけ、晩年の彼が何かに憑かれたかのように長篇ばかりを書きまくっていたとき、われわれとしてはむしろ痛ましい思いでその言葉を読み続けていたのである。なるほど彼は、当代きっての巧みな日本語遣いというべきで、ときには威勢よく啖呵を切り、きわどい冗談をさらりと言ってのけ、下世話な題材を繊細な比喩でもっともらしい語り口に仕立てあげてみせたあたり、その小気味よさに思わずうっとりもしてしまう。にもかかわらず、これは小説ではないとつぶやかずにはいられなかったことが、一度や二度ではないと素直に告白すべきときがきている。

もちろん、小説の理想像を想定し、たとえば晩年の『狂風記』といった長篇がその理想像を大きく踏みはずしているという理由で、そうつぶやいたわけではない。たしかにこれは、小説にほどよく似たものとして読むことができる作品だし、その文体的な水準をとってみるなら、掛け値なしの一流品だということさえできるのだが、巧みな日本語遣いがみごとな文体を駆使したものがそのまま小説になるわけでもなかろうし、そもそも『狂風記』のテクストは、あまりにも容易に説話論的な還元をうけいれてしまう筋立てからなりたっているのである。

ことによると、人は、江戸戯作の伝統などを持ち出して、たやすく形式化されやすいその物語的な側面を、石川淳が意図的に小説に活用し、御都合主義による筋立てを介して、意識化と中心化にさからう雑多な力を擁護しているのだと主張するかもしれないし、またそうした姿勢を、日本の近代小説には稀なゴシック・ロマンス的なものへの執着として高く評価する論者もいるとは思う。実はわれわれもまた、そうであってくれたならとさえ願っているのだが、にもかかわらず、いったん説話論的な還元をうけいれた『狂風記』のテクストは、中心化や意識化に逆らう愚鈍な細部を誇示することなく、きわめて従順かつ聡明に均衡のとれた形式におさまってしまう。しかもその際、説話論的な還元をまぬがれた言葉は、ただ申し分のない日本語として、構造のほどよい装飾品たること以上の自分を主張しようとはせず、運動としての厳密さを誇示することのない巧妙で精緻な言葉遣いの日本語が、あとに残されるばかりなのだ。

（蓮實重彦『小説から遠く離れて』）

いわゆる蓮實お得意の、「説話論的磁場」のなかに回収されてしまっていると「狂風記」を批判するわけだが、こうしてあらためて読み直してみると、批判しきれずにいるところが透けて見えてしまう。

浅田彰や柄谷行人《からたにこうじん》なども、蓮實との鼎談《ていだん》のなかで、石川淳のことは、「好まない」と言っている。そして浅田は石川淳が〈江戸的〉な共同体に依拠しているところに「つまらなさ」があると言う。

浅田　意味と無意味ってことで言えば、意味をちょっと裏返すとか俳諧化するとかパロディ化するのが石川淳だろうけれど、それは意味に対する無意味にとどまっていて、柄谷さんが坂口安吾に見るような非意味ではないわけね。つまり、パロディのゲームの規則を知っている閉じた共同体、いわば江戸的な御座敷を前提している。そこが石川淳のつまらなさでしょうね。坂口安吾の凄さは、そういう共同体をまったく認めないところです。（浅田彰・柄谷行人・蓮實重彥・三浦雅士「《討議》昭和批評の諸問題一九三五―一九四五」、柄谷行人編『近代日本の批評・昭和篇〔上〕』）

ここにある種の彼らのジレンマのようなものが見えてくる。

それは、この時期石川を高く評価していた人たちが、従来の近代観では克服すべきものとされていた〈江戸〉に新しい光を当てた人たちであったことを考えると明確になるだろう。

江戸ブームの火付け役とされた田中優子氏も石川淳を評価しているひとりである。[*6]田中氏は『江戸の想像力』のなかで、以下のように石川を高く評価している。

狂歌の連で興味深いことは、これらのつながりの中で、人間が「私」でなくてもよくなることである。身分・職業その他もろもろの自己同一性から、解き放たれることである。かつて石川淳は、その狂歌師の無名性、特に天明狂歌のそれに注目した。彼は言う。狂歌師は皆、狂名をもっている。それまでの狂名は俳名や雅号と同じように、名の中に作者が存在していた。しかし天明の狂歌師たちに至って、狂名の意味が一変している。しかし天明狂歌師たちは名の中に作者がいない。無名人格である。読人不知（よみびとしらず）である。［略］彼らの内二、三人を除いては、どんな人物なのか皆目わからない。意識の中に分け入ろうとしても、作者の顔など見えてこない。

こうなることの理由のひとつは、彼らが単独で活動しないことにあるだろう。文学の目的を自己表現のみに限定して、他人はともかく自分と自分の名とを表現の主として目立たせようなどとは、考えたこともないからである。作品の作り方にもそれははっきりと現われる。四方赤良編纂の『万載《まんざい》狂歌集』は「古今集の俳諧化」であり、「天明狂歌とは古今集の精神の転換的運動である」―と石川淳は言ったが、確かに天明狂歌は一首一首として見るのではなく、集全体として見なければ意味がない。天明狂歌は歌であっても一首が問題にされるわけではない。集を作り、その集がまるごとパロディなのだ。だから誰がどれのパロディを、いかなる意識で行ったか、という問題は立てることすらできない。彼らはこのような「俳諧化」操作を行うためにこそ連を形成し、集を編み、あたかも文学運動のごとき動きをする。彼らが何によって結びついているかといえば、彼らの集と彼らの集団としての存在とを、まるごとパロディならしめるために与するのだ。連と連集合とは、純粋に機能的な集団なのである。

（田中優子『江戸の想像力』）

田中氏が石川を評価するのは、いち早く天明狂歌に注目した点である。そしてこの天明狂歌こそが、近代的な凝り固まった〈個人〉を軸とした人間観とはちがう、もうひとつの〈人間性〉のあり方をみいだしていたと言える。切り離された〈個人〉としての自己同一性から解放され、人々との「つながり」の運動のなかに自己を埋没させることがかえって、ひとりの人間を際立たせることになる。「狂風記」が描いたものは、すでに戦中に書かれた評論「江戸人の発想法について」のなかで示されていたと田中氏は言及している。田中氏の『江戸の想像力』に書かれる少し前、一九七四年に花田清輝《きよてる》も同じように石川の「江戸人の発想法について」に示唆を受けたことを示し、近代文学が〈個人〉の作品として成立していくなかで、忘れられていった共同制作のようなものが、登場すればいいのではないかと述べている。

「天明狂歌師はその狂名の中に不在である。すなわち、無名人格である。いいかえれば、読人不知ということにほかならない。かつて芭蕉俳諧の連歌は、世界が出来上った時、作者の名を忘れさせた。いま、万載狂歌集は作者が名を放棄することから世界を築き上げている。」と石川淳はいった（『江戸人の発想法について』）。しかし、賢明にも、かれは「歌仙」のなかで独吟を試みただけであって、文学運動のなかで、共同制作をしようとはしなかった。つまるところ、その独吟は、質を問わなければ、わたしの連作のようなものであろう。

いまはまだ、共同制作をするために集まって、前人未踏の文学運動をはじめるには時期尚早であろうか。天明（一七八一―八九）の狂歌運動のように、無名の文学者たちによる共同制作が不可能なら、有名な文学者たちのそれでも我慢したいとおもうが、如何なものか。あらためてことわるまでもなく、連歌をつくるのではない。たとえばジョイスの『ユリシーズ』のような小説を、日本の有名な文学者たちの連作によってつくり上げ、いわば、『オデュセイア』の俳諧化を実現しようというのである。うまく行けば、石川淳のいうとおり、その連作は蕉門の連歌のばあいのように、完成と同時に、作者の名を忘れさせてしまうので、無名の文学者たちの手がけたときと変わりはない。まずく行けば、「六本足の馬」のような作品ができ上がるかもしれないが、それはそれなりに、われわれにむかって、異常な衝撃をあたえるのではあるまいか。

いずれにせよ、なお、依然としてわたしは、共同制作を、みずからの課題とする文学集団の出現を待っている。なぜなら、わたしには、共同制作をする意欲のない作家や評論家たちの文学運動は、運動の名に値しないような気がしてならないからだ。大勢の文学者たちが進んであつまる以上、かれらは協力して、そこからなにかモニュメンタルな作品を創造するのが当然ではなかろうか。それとも文学というものはあくまでたった一人で書かなければならないものであろうか。

（花田清輝「古沼抄」『日本のルネッサンス人』）

花田の指摘も単に文学の共同制作を提唱しているにとどまらず、近代的な〈個人〉を軸にした人間観からの転換を主張したものだと言えるだろう。七〇年代の後半から八〇年代の江戸ブームとともに、石川淳が評価されたのは、まさに石川淳における〈江戸〉的な要素であったというところだろう。[*7] ここが一九八〇年代前後の石川淳評価のなかで興味深い点である。なぜなら一九五〇年代以降、石川淳を高く評価していた人たちは、どちらかというと、フランス文学者たちをはじめとした西洋文学の文脈のなかで石川の小説を高く評価していたからだ。[*8]

しかし一九八〇年代の江戸ブーム前後では、石川の〈江戸〉的な要素へと評価のポイントが動いていく。そこには近代文学のあり方であるとか、近代そのもののあり方をもう一度考えるため、石川淳の小説や評論が語る〈江戸〉的なもののなかから示唆を受けたいという思いがあったと言えるだろう。

とすると、ポストモダン言説の中心にいる人たちが、〈江戸〉にもうひとつの〈近代〉のあり方をみいだそうとする石川淳を評価する動きをそう簡単には受け入れられなかったのだろうということが見えてくる。彼らに批判されることが、かえって石川淳が想定する〈江戸〉に大きな可能性があったということの証左にもなろう。

パロディーの創造性と批評性

最後に石川淳におけるパロディーについて言及しておきたい。

集英社と石川の関係のなかで生み出された出版物として、『狂風記』などの長編小説とならんで重要なものに集英社文庫の『おとしばなし集』[*9]を挙げたい。

『おとしばなし集』は以前に同名の単行本が刊行されていて、それを文庫化したというものではなく、「狂風記」が連載されているなか、集英社文庫が創刊され、創刊まもなくしてラインナップのなかに『おとしばなし集』が加えられた。

石川淳の文学活動のなかでパロディーというものが脈々と流れていたということが、この文庫にまとめられることで明らかになったと言える。

石川淳はずっと「おとしばなし」という落語の形式を取って、歴史や伝説上の人物の有名な伝承をパロディーにするような作品を書いてきた。そしてある時期、海外の児童文学を翻案するというようなパロディーを連続して書いている。それらはひとつの本にまとめられていなかったが、一九七七（昭和五十二）年に『おとしばなし集』にまとめられたことで、戦前に書かれていたものも含めて石川淳がパロディーを脈々と文学的営為としておこなってきたことが明確に見えるようになった。

逆に言えば今まで一冊にまとめられてこなかったということは、これらが石川の作品のなかではセカンドラインのような扱いを受けていたとも言える。しかし石川の文学活動のなかで、実はパロディーの手法というものが脈々と流れていて、それが主要な小説のなかにたびたびあらわれていたと言える。

たとえば、「八幡縁起」（一九五八年）は『古事記』や『太平記』、それから「木地師伝説」をパロディー化した小説だと言える。また「修羅」（一九五八年）も同じく、謡曲「江口」を下敷きにしている。このようなパロディーの試みのなかで小説が書かれてきたと言える。

このようなパロディーの手法を用いるなかで、明らかにされるのは、権力者によって編纂された〈正史〉を疑う、という姿勢だ。

権力者によって編纂された〈正史〉を疑う姿勢は、別の言い方をすれば独自の〈歴史観〉に立っていたとも言える。それらは先にもふれた、重層性へのまなざし、というものにつながるだろう。

そう考えてみると「狂風記」も『古事記』、『日本書紀』にある記紀神話の伝承、幕末に書かれた『市辺忍歯別命山陵考』などの古書をパロディーにし、またNHKの大河ドラマの原作になった舟橋聖一の「花の生涯」なども作中に溶かし込んでいる。

石川がこういった手法に深くふれた様子が、戦時中に書かれた「江戸人の発想法について」のなかで、「やつし」や「見立て」そして「俳諧化」というものの重要性を指摘していることからわかる。石川はこうした江戸人の文学的営為について、「研究家が近代だと思ひこんでゐるものよりも、江戸のはうが近代と呼ぶに当つてゐるからだらう」と言っている。集団創作やパロディーといった、近代芸術では無視されたものに、創造性や批評性をみいだしていたと言えるだろう。戦時下で学んだこの〈発想法〉は戦後の小説でも活《い》かされることになった。

おわりに――古くて新しい〈人間観〉

石川がこうした発想をもとに描いた小説には、石川の〈人間観〉が示されているとも言える。幕末の隠れキリシタンが革命を模索する、もうひとつの近代の可能性を夢想した「至福千年」（一九六七年）では、末尾で人々が街のなかにあふれ出してええじゃないかを踊る様子が描かれて終わる。固有名のある個人、他者と切り離された個人ではなくて、「ええぢやないか、ええぢやないか」と踊ること、動いていくこと、この群衆の運動こそがひとつの群として湧き上がっていく変革の力のようなものとして描かれていく。これは集団のなかに個人の存在がかき消されるのではない。むしろひとりひとりが、人々とのつながりと歴史の連環のなかにみずからの存在とその意義をみいだすことにほかならない。

「狂風記」でもいつの間にかメンバーが増えていったリグナイト葬儀社の面々が、地上と地下、現代と過去の両方で戦いを群としておこなっていく。マゴの「千年前の世界に立ちかへるとは、千年後の世界の幕をあけるにひとしい」という言葉は、千年前も千年後も今につながっていることを高らかにうたうものだと言えるだろう。つまりひとつのものごとや、ひとりの人間というものは切り離されたものではなく、他者との群運動のなかに存在し、過去や未来のものも現在に重なっている。重層的な存在であることにまなざしを向ける〈江戸人の発想法〉に依拠していたと言えるだろう。

ここには、いわゆる近代的自我や近代文学的な見方というものとはちがう、人間観や歴史観、文学観がある。それがひとつの形となってあらわれたのが「狂風記」と言えるだろう。石川淳の「狂風記」が近現代文学史のなかで燦然《さんぜん》と輝く理由はここにある気がしてならない。

註

＊1　奥野健男は中公新書『日本文学史―近代から現代へ』（一九七〇年）のなかで、坪内逍遙が提唱した近代小説は「八犬伝」などの読本系統を排除して、一方人情本系統に接ぎ木する形で成立したと述べている。なお奥野は同書で、中里介山『大菩薩峠』を「馬琴の『南総里見八犬伝』（文化十一～天保十三年）以来長らく壮大なロマンの夢を忘れていた日本の一般大衆や知識人たちもしだいに妖しい魅力にとらえられ、熱狂しはじめます」と、「八犬伝」になぞらえて評価していること

にも言及しておきたい。

＊2　石川は「すばる」で小説以外にも従来「新潮」や「文学界」に掲載していた「夷斎」シリーズのエッセイの連載もはじめている。ここからも「すばる」と石川の関係が強く結ばれていたことがうかがえるだろう。

＊3　集英社社史編纂室編『集英社70年の歴史』（集英社、一九九七年）参照

＊4　「市辺忍歯別命山陵考」などの石川が『狂風記』で参照したであろう資料については、渡辺喜一郎『石川淳研究』（明治書院、一九八七年）を参照されたい。

＊5　松田修「江戸ブームの裏　自明性喪失の現代　先祖・人間さがしのあがきと関連」（「読売新聞」一九七五年九月八日）

＊6　江戸ブームと田中優子氏については、「朝日新聞」で以下のように紹介されている。

「芸術選奨22人に」（「朝日新聞」一九八七年二月二八日）

江戸ブーム火付け役　田中優子さん

昨秋出版した三百ページの著書「江戸の想像力」が、選考委員から、「切り込み豊かで出色」と評価された。江戸ブーム火付け役の一人、といわれる。金唐革（きんからかわ）というオランダ渡来の切れっ端を通し、鎖国下の江戸が意外にも海の向こうとつながっていた事実を、平賀源内はじめたくさんの人物、史料で説いてみせる。短期間に一万部をさばくベストセラーに。

母校の法政大で日本文学を教えている。「江戸文学の魅力？　前向きじゃないけど、私たちの知らない安定した生き方を貫いた人々がいることですね」

＊7　たとえば近世文学者である野口武彦も石川淳を高く評価したひとりとして知られている。『狂風記』については以下のように述べている。

野口武彦「ものいう死者の思想」（「すばる」一九八八年四月臨時増刊号）

『狂風記』の石川淳氏は、想像力のかぎりを尽くして、その力関係を逆転する。非業の死をとげたオシハノミコ。巫女性そのものであるヒメとの神秘的な化体によって、現代日本のミコになったマゴは、地底世界を掘りぬき、掘り崩す。古代王権から戦後天皇制にいたるまでの「岩盤」のさらにその根っ子を、さらに掘り下げようというのである。舞台の最後は、一九八〇年の日本だ。［略］『狂風記』千四百四十枚は、けっきょくたんなる壮大な一場の夢にすぎなかったのか。夢。そうはいっても、これはひとに何ものか充電してやまぬ意識下のダイナモとしての夢である。マゴの地底界は、われわれ読者の識閾下の広大な空間につながっている。「千年後とはすなはち今のことよ」というマゴの言葉は、『狂風記』というこの荒唐無稽なパノラマを通じて、作者が八〇年代日本の状況に向けて送信した夢告的メッセージであった。

＊8　一九五〇年代後半から六〇年代にかけては、菅野昭正、井澤義雄、粟津則雄などのフランス文学研究から出発した批評家が石川淳の代表的な論者であった。

＊9　『おとしばなし集』は一九七七年八月に集英社文庫から刊行された。集英社文庫の刊行も、総合文芸出版社への転身をはかろうとしている集英社の戦略がうかがえて興味深い。「すばる」の一九七七年六月号に掲載された広告では「50余年の間、集英社がその長い歳月をかけて育んできたものが、いま実ります。／現代小説を中心に、精選された名作・話題作を読みやすさ

を配慮した紙質と活字。お求めやすい価格で網羅した集英社文庫。／ひとりの時間を大切に…集英社」とあり、文芸路線を強く打ち出しているのがうかがえる。集英社文庫が創刊された七〇年代半ばは、戦後第二次文庫本ブームと呼ばれ、各社が競って文庫を創刊していた。そのなかで集英社が文芸路線を強く打ち出していたことは特筆すべきことであろう。

第四章
石川淳流〈不服従の作法〉
――「マルスの歌」

山口俊雄

〈自由〉、なにものにもとらわれないことを石川淳が最優先したとなれば、目の前にある不自由・窮屈さに黙っていないだろう。

日中戦争初期の銃後のマスヒステリー、南京《ナンキン》陥落祝賀に直結する状況をふまえて、メディア等を通じた戦争賛美の実態を丁寧にたどりつつ、同調圧力に対してNo!を表明した「マルスの歌」(一九三八年)を山口が紹介する。

二〇〇〇年代に入ってから日本の戦争参加を容易にしてゆこうとする力学を前に加藤周一や辺見庸がこの作品に言及・引用し、二〇〇一年の9・11以降の合衆国におけるマスヒステリーをふまえて英語でも紹介された。このことからもわかるように、発表から八十年以上経《た》っているにもかかわらず、この作品は現代の問題を扱った作品として、幸か不幸か、有効なのである。

本章を通じて、石川淳流〈不服従の作法〉を知って勇気づけられてほしい。

本章は、山口俊雄「『マルスの歌』論」（『石川淳作品研究―「佳人」から「焼跡のイエス」まで』第二部第五章、双文社出版、二〇〇五年）、「石川淳『マルスの歌』再論―冬子・帯子姉妹の共通性と対照性」（『国文目白』第五二号、二〇一三年二月）を、本書のために新たにまとめ直したものである。

繰り返し言及される「マルスの歌」

二〇〇五年十一月二十二日「朝日新聞」夕刊に、加藤周一が次のように書いている。

その頃（一九三八年）、東京の巷《ちまた》には軍歌があふれていた。そこで石川淳は小説「マルスの歌」を書いて戦争を批判したが、軍国日本の検閲は、「反戦思想」を理由としてその本の刊行を禁じた。今（二〇〇五年）の東京にはまだ軍歌が流れているわけではない。しかし国会では、いくさを知らない政治家たちのマルス賛美の声がにぎやかである。検閲や「発禁」はまだない。しかし大衆報道機関における批判的言論はすでに急減して今日に至

（加藤周一「孫子再訪」『夕陽妄語3　2001―2008』）

る。

石川淳「マルスの歌」は、今からおよそ八十年あまり前の日中戦争下、「文学界」一九三八（昭和十三）年一月号に発表され、「反軍又ハ反戦思想ヲ醸成セシムル虞アリト認メラルルニ因リ」発売禁止処分を受けた。その後、あらためて発表されるのは敗戦後の一九四六（昭和二十一）年、作品集『黄金伝説』（中央公論社）への収録という形でとなる。[*1]

戦争反対、いや正確には〈戦争支持〉反対という作品の主題をふまえて、二〇〇三年、アフガニスタン戦争・イラク戦争時に合衆国でこの作品が英訳とともに取り上げられたことは、[*2]この作品の古びなさと国境を越えた普遍性とを物語ることになったが、わが国における戦争を可能にする空気の醸成とそれへの同調圧力を批判するために二〇〇〇年代初頭から繰り返し「マルスの歌」に言及して来た辺見庸が3・11（東日本大震災）以後のわが国の状況を睨《にら》んで『瓦《が》礫《れき》の中から言葉を―わたしの〈死者〉へ』（二〇一二年）のなかであらためて「マルスの歌」に言及している。

辺見は「マルスの歌」の次の箇所を引用する。

たれひとりとくにこれといつて風変りな、怪奇な、不可思議な真似をしてゐるわけでもないのに、平凡でしかないめいめいの姿が異様に映し出されるといふことはさらに異様であつた。『マルスの歌』の季節に置かれては、ひとびとの影はその在るべき位置からずれてうごくのであらうか。この幻灯では、光線がぼやけ、曇り、濁り、それが場面をゆがめてしまふ。

（五七六、五七七ページ[*3]）

その上で、次のように述べている。

これは戦時における日常の雰囲気を実時間でもっともみごとに描いた石川淳の小説「マルスの歌」（一九三八年＝昭和十三年）の一節です。つまり、戦時ファシズム下の市井の風景を切りとったものですが、このたびの大震災以降、わたしはいくどもこのくだりを想い出しました。

震災時と戦時の空気はどこか似るのでしょう。一見ふつうなのだけれども、なんだか異様。光や影の言うに言えないたわみ。人びとが本来あるべき位置からずれているのではないか。引用文はそんな微妙な感覚表現です。微妙な感覚の誤差が、歴史の暗転を見わけるか見わけないかの決め手になる気もします。

引用した文章のすぐ後には「ひとびとを清澄にし、明確にし、強烈にし、美しくさせるために、今何が欠けているのか」という自問がつづきます。これは、3・11以降にわたしがいだきつづけている疑問とどこかで交差するのです。

（九三、九四ページ）


戦争や大災害による大量死。その大量死を意味づけるべく、メディアに媒介され作動するナショナリスティックな社会心理・群衆心理。このような作動・連動のメカニズムは、作品が発表された八十年あまり前とおそらくほとんどなにも変わっていないはずである。だからこそ「マルスの歌」が今なお読まれ、そのメカニズムを鮮やかに小説表象として結実させたとして評価されているのである。

本章では、今なお〈現在〉を、そして〈現在の困難〉を描いた小説として——ある意味でたいへん不幸にも——読まれ続けるこの作品を考察することを通じて、石川淳流の〈不服従の作法〉を確認したい。

流行歌、映画、噂話《うわさばなし》——メディアを通じた総動員

「マルスの歌」が描くのは、銀座の裏町に住む「わたし」が、流行歌「マルス」の怒号に抗しつつ小説を書こうと苦心惨憺《さんたん》しているさなか、従妹《いとこ》・冬子の自殺、その夫・三治の召集などの出来事に巻き込まれながら過ごす日中戦争下の銃後の数日間である。もの書きの「わたし」が俗事に紛れて翻訳や創作を完成できず、結局その俗事のほうを読者に報告して作品を閉じるという形式はデビュー作「佳人」（一九三五年）以来ひんぱんに繰り返されてきたが、今回はその「小説の書けぬ小説家」が、小説執筆を妨げる周囲の実情を報告しつつ徐々に違和感を深めてゆき、最後に否を叫ぶという展開となっている。

流行歌

神ねむりたる天が下
智慧ことごとく黙したり
いざ起て、マルス、勇ましく

（五五一ページ）

というのが「狂躁《きようそう》の巷から窓硝子を打つて殺到して来る流行歌『マルス』」の歌詞で、ローマ神話の軍神の名をタイトルにしたこの曲は、出征歓送という歌われる状況、歌詞の口調（七音・五音の配分）なども考え合わせれば、大ヒットした時局歌「露営の歌」（一九三七年九月）――歌い出しは、「勝って来るぞと勇ましく」――を念頭において作られたものだろう。「わたし」が小説を書こうと机に向かえば出征兵士を載せて街頭を行くトラックのスピーカーから大音量で流され、「わたし」が列車に乗れば出征兵士を見送る人々が駅ごとにホームで合唱している。

映画

流行歌「マルス」が〈国民精神総動員〉[*4]のための聴覚的装置の一端を担うものだったとすれば、視覚的か（視聴覚的）装置としては映画があった。流行歌の喧噪《けんそう》から逃れるために「わたし」は映画館に入る。すでに一九三七（昭和十二）年八月以来どんな映画作品であれ必ず冒頭に「挙国一致」「銃後を護《まも》れ」といった一枚タイトルが入れられ、時局の色は映画館のなかにもいやおうなく侵入していたのだが、うとうと居眠りをはじめたところを、スピーカーから響く砲撃の音に起こされる。おそらく、併映の国策宣伝用のニュース映画だろうが、「わたし」は、日本兵に頭を撫《な》でられている中国人の子どもがスクリーン上で見せるある表情を見落とさない。

それは甚だ平和的な光景らしかつた。だが、郷土の山河と他国人の歓笑の裡にあつて、この二人の子供の顔は、……………………………………涙とか憂欝とか虚無感とか、絵具に写せば写せるやうな御愛嬌な表情はそこにはなかつた。彼等は切羽つまつた沈黙の中で率直にNO！　と叫んでゐた。

流行歌や映像による声高な国策プロパガンダの下で、拒否の声は容易にかき消されてしまう。だからその声はむしろ「沈黙の中で」伝達されるほかないが、つい先ほど自室で空《むな》しく軍国主義にNO！の声を上げていた「わたし」は、同じ軍国主義によって蹂躙《じゅうりん》された中国人が宣撫《せんぶ》に抗して発する沈黙の声を聞き逃さないのである。ここには総動員体制のなかを走る亀裂への感受性が刻み込まれている。

なお、右の箇所のみ、伏字が施されている初出から引用した（全集本文では五五三ページに対応）。戦後の収録刊本からは……（リーダー）部分が削除されるが、伏字もまた権力への不服従を含意したメッセージであることを感得しておきたかったからである。

富士山

流行歌や映画というメディアによる視聴覚的総動員に関してもうひとつふれておきたいことがある。それは富士山への嫌悪についてである。作品後半で、召集を受けた三治の入営直前の行動を心配して西伊豆を訪れた「わたし」が、海岸風景を眺めていた時、次のようなことが起こる。

ふと北のはうの空を見上げると、どうしてもつと早く気がつかなかつたのかと思はれるほど大きく、高く、空いちめんを領して、非常にはつきりフジが浮き立つてゐた。しかし、頭脳にたたかひを挑むべき何ものももたぬこの山の形容を元来わたしは好まないたちなので、いかにそれが秀麗らしく見えようとも、なほさら感心するわけにはゆかなかつた。ほとんど視野からそれを追ひのけるために、わたしは望遠鏡で沖を眺めはじめた。

（五七二、五七三ページ）

やがて「わたし」は望遠鏡の視野のなかに三治と従妹の帯子を見つけ出す。

そのうちに、かうして他人の肉体を、肉体のうごきを、相手が知らぬ間に外界から切り離し、それだけを拡大して隙見してゐることが忌まはしく感じられて来た。不吉のやうなものがそこにあつた。わたしは望遠鏡をはづした。すると、空にべつたりフジ。また望遠鏡。すると、大写しになつた三治の顔、帯子の顔……わたしは眼のやり場にいらいらして、望遠鏡をポケットにしまつた。

（五七三ページ）

クローズアップとロング・ショットの素早いカットバックという映画的手法によって富士山への「わたし」の苛立《いらだ》ちがみごとに描かれており、「フジ」（初出では「不二」）とポピュラーな表記を避けている点にも異化の狙いが窺《うかが》われるが、この嫌悪はエッセイ「あけら菅江《かんこう》」（「読売新聞」朝刊、一九三七年二月二十六日、三月二日）ですでに表明されていた。

先日わたしが旅行に出ようとすると、ある友だちが一つ註文をつけた。「不二山の見えないところへ行つてくれ。」わたしはこれを既成概念に沈湎するなといふ意に解して、適切な注意だと思つた。

（三八七ページ）

「既成概念のもつ立派らしい化粧顔にほかならぬ」「歌枕化された自然」はつまらなく、「わたし」にとっては「精神と自然とが格闘せずにはゐられぬやうな非情の土地こそなつかしく」感じられると言うのである。この「既成概念」で覆われ「歌枕化」された自然の典型としての富士山は、先行論が指摘するように歌謡曲「愛国行進曲」の歌詞（森川幸雄作詞）のなかで愛すべき祖国の象徴として歌われていた。

見よ東海の空明けて　旭日高く輝けば　天地の正気潑剌と　希望は躍る大八洲
おゝ清朗の朝雲に　聳ゆる富士の姿こそ　金甌無欠揺ぎなき　我が日本の誇なれ

これは、「日本の真の姿を讃へ、帝国永遠の生命と理想とを象徴し、国民精神作興に資するに足る」「国民歌」として、一九三七年九月に内閣情報部が一般公募し、十一月三日（明治節）に当選詞として発表したものである。[*5]

当時、こうした動員イヴェントによって銃後国民としての参加意欲、当事者意識がかき立てられたのである。流行歌「マルス」の現実的対応物と思《おぼ》しい先述の「露営の歌」も東京日日新聞社・大阪毎日新聞社による歌詞公募というメディア・イヴェントを通じて生み出された曲であった。「マルスの歌」の「わたし」の富士嫌悪にはおそらく、こうした動員イヴェントを通して選ばれたこの歌詞に示されているような軍国日本の象徴という意味合いへの揶揄《やゆ》が含意されていたのだろう。

富士山を日本の象徴とするレトリックは、流行歌謡だけでなく映画でも活用された。石川が初めて富士山への嫌悪を語った「あけら菅江」発表の日付け（一九三七年二月二十六日）を考えた時、気づくことがある。それは日本・ドイツ合作映画「新しき土 Die Tochter des SAMURAI（サムライの娘）」のことである。このアルノルト・ファンクと伊丹万作の共同監督作品は、日本では、一九三七年二月四日に封切りされ、興行的成功を収めた。防共協定で結ばれた日独両国の親善を狙うドイツ宣伝省の積極的な支援を得て作られた「国策主義色と、ヨーロッパ人の抱く典型的な「オリエンタリズム」が綯《な》い合わさった」（ピーター・B・ハーイ）この映画――ドイツに留学していた青年が、すっかりヨーロッパ文化に染まって帰国し、原節子演じる大和《やまと》撫子《なでしこ》風の許婚《いいなずけ》への気持ちは覚めてしまっていた。が、許婚の父との語らいや、許婚の自殺未遂を経て、最終的に日本の良さを再発見し、許婚と結婚し、満州の「新しき土」を耕す農民となる――の封切りから「あけら菅江」発表までたかだか二十日あまりしか経っていないことを考えれば、冒頭のシークェンスで桜の枝越しに富士を映し続けるこの映画を意識して書かれたものにちがいない。[*6]

このように、「マルスの歌」の「わたし」の富士嫌悪には、富士山の持つ〈既成概念〉に依存した流行歌謡や国策的映画を利用した視聴覚的総動員への反発が託されていたのである。[*7]

戦時下の噂話

流行歌や映画といった聴覚・視覚にかかわるメディアのほかに、噂話という戦時下メディアのありようも作中に書き込まれている。冬子の通夜の列席者・列車の乗客・食堂の客が口々に語る時局の裏話・風聞・秘話なども、言論統制の裏面で発達するひとつの大衆的メディアである。

通夜の列席者が冬子の死んだ理由を臆測する場面、「たとへば目下大流行の、あの『マルスの歌』にしても……」という言葉が出たとたんに、「一座がわつと爆発した。十数人の眼が血走り、唾が飛びちがひ、声がぶつかりあひ、めいめいが同時に、もうあたりかまはず勝手なことをしやべり出し」（五六五ページ）、軍にかかわる秘話等々が口々に飛び出すところなど、さもありなんと妙にリアルに迫って来る。

言論統制下でいやおうなく発生する噂話というメディア。これが、たとえば清水幾太郎『流言蜚語《りゅうげんひご》』（日本評論社、一九三七年）が指摘したように、権力による隠蔽・情報操作に抗する一定の批判性を持つことを見逃してはなるまいが、所詮おしゃべりに終始し、統制という枠組み自体を対象化・相対化する力に欠け、主人公の求める「思想」たり得ない（「思想」については後段で確認する）。

言論統制が進む中、すでに二・二六事件前後から「ここだけの話だが……」と前置きされた「内幕の話」がはびこっていたことは、たとえば加藤周一「二・二六事件」に記されている。

以上、本節では「わたし」が、〈国民精神総動員〉の実情、視聴覚メディア等を介した銃後総動員体制に包囲されているさまを確認した。「わたし」の時局批判の身振りが図として効果的に浮かび上がるためには、まず、テクノロジカルな総動員の風景が地として的確に把握されていなければならなかったのである。

次に、「わたし」の周囲に配置された主要登場人物が、地を成す〈銃後国民〉の動向をどう担っているかを見てみよう。

登場人物たち

まず、父母を早くに亡くしている従妹の冬子・帯子姉妹。

このふたりは、日中戦争勃発後の銃後の狂躁状態のなかでそれぞれに変わってゆき、それぞれに語り手「わたし」を振りまわすことになる。

それぞれに変わってゆき、と書いたが、冬子は戦時体制への不適応・不服従が昂《こう》じた結果であるかのように自殺し、他方、帯子は戦時体制に適応、出征兵士を励ますチアリーダーとなり、と非常に対照的である。

冬子

たいへん愉しく立ちはたらいた料理の時刻以外は、冬子は毎日本を読んでくらしてゐた。ただしその本の範囲は翻訳の戯曲だけに限られてゐて、好ききらひなく熱心に読みあさり、筋だのせりふだのをよく暗記してゐたが、ほかの部門のことになると冬子はおやと思ふほど何も知らなかつた。休みの日には、二人は小旅行したり映画を見に行つたりしたが、とくに新劇の公演を欠かしたことがなく、三治もいつかその趣味の中に翻訳の芝居をかぞへ

るやうになつてゐた。　（五六一ページ）

写真部員として新聞社に勤めるお坊ちゃん育ちの夫（相生三治）を持つ冬子は、このとおり、ほかのことに関心を持たず、もっぱら翻訳の戯曲を読むこととその上演を見ることを楽しみに生きていた。

演劇への関心は、読んでいる戯曲に触発され、いろいろな真似《まね》をすることへと昂じてゆく。「聾」の真似、「唖」の真似、「盲」の真似、「跛」の真似、……。＊8「しかし、それは結局三治が奇蹟をおこなふひとの役割を演ずることに依つて快癒した」（五六二ページ）。

死んだ人の真似を試みた冬子は、「「自殺の真似してみようかしら。」」（五六二ページ）と三治に話しかける。もちろんあくまでも真似で終わるはずだったのだが、三治によると「いくらか呼吸器が弱かつたやうでした」（五六三ページ）ということもあり、帰らぬ人となる。

これらから浮かび上がるのは、翻訳の戯曲を窓口に〈真似ること＝演じること〉のみを喜びとして、実社会とは無縁に夫とのままごとのような生活を温めていた若い女性の姿である。三治が「もしさういふときの冬子に、何か病的なもの、不安なもの、ぶきみなものが感じられたとしたら、ぼくにしても決してぼんやりしちやゐられなかつたでせう。しかし、さういふときの冬子はとても美しく、かはいらしく、健康に満ちみちてゐたんです」（五六三ページ）と言うように、真似に夢中になること自体には悲劇の影は薄い。したがって、時代が変わり戦争色が強くなる中で、冬子は居場所がなくなり、追い込まれて行った果てに死があったという風な見方はおそらくすべきではなく、むしろ、戦争色といった現実とそもそもかかわり合えないのが冬子の性質で、そのため時代が変わっていよいよ現実社会から遊離していった、と見るべきなのかも知れない。

通夜の席上で三治は、

一分の隙もなく生活が何かでいつぱいになつてゐれば、だれが聾の真似なんぞするもんか。たしかにこの家のどこかに見えない隙間があつて、ぼくがそれを満たすことができず、それに気がつきもしなかつたんだ。ああ、かはいさうな冬子……　（五六六ページ）

と嘆くが、冬子の生活に生じた「隙間」とはいったいどのような性質のものだったのか。

彼女がした真似がすべて現実との齟齬《そご》や現実の拒絶につながり得るものだったことに注意したい。「マルス」の怒号の巷にあって「聾」の真似をするとすれば、そこには当然、流行歌に耳を塞ぎたいという気持ちが託されていようし、自殺は軍国主義的な現実からの逃避の手段として究極的なものであろう。

この冬子の演劇的世界への自己充足・現実遊離に対して、戦時下銃後の今・ここの現実社会に即応・密着するのが妹の帯子である。

帯子

「目下駿河台の某女学校に通ひ、わたしとおなじこのアパートの他の一室をひとりで借りてゐる」（五五四ページ）彼女は、銀座の近くという「場所柄の繁華が気に入つてゐるらしく、朝出かけたまま夜遅くまで帰らなかつたり、あるひはときどき自分の部屋に友だちをあつめ隣室に気兼もせずさわいだり」するタイプであり、姉が自殺したらしいことを〈わたし〉に報告したあと、さっと気を取り直すや「ハンドバッグからコンパクトを取り出して顔をたたき、マックス・ファクターの鉛筆できゆつと眉を引き上げ」（五五九ページ）るという風な、一見、都会風俗に溶け込んだごくありふれた享楽的な若い女性である。[*9]

「帯子、どう考へても死んで行くひとと縁がないやうだ。今みたいに、遠くで死にたくないひとが毎日たくさん死んでるときに、なんとなく自分勝手に死んぢやふなんて……決して、冬子を責めるわけぢやないの。なぜ冬子が死んだか、死んだのがいいのかわるいのか、そんなこと知らない。考へない。第一もう死んぢやつたひとなんだもの。よーし、オビイ、もうそのこと考へないぞ」と冬子の死からみずからを切り離す。いやむしろ、冬子の死を自分と自分の生きる今・ここの現実世界から切り離すと言うべきだろう。「知らない。考へない」という判断停止的な態度で、今・ここの現実へ埋没し、同一化してゆく。

したがって、兵隊を乗せて流行の軍国歌謡「マルスの歌」を流すトラックが近くを通れば、「窓ぎはに駆け寄り、硝子戸を上げて、街路にむかつて大きく呼吸し、湧きかへる外の喚声とともに、右手を高く振りかざしながら、／――ばんざい！」（五五九ページ）と声を上げる。

冬子の通夜の席で三治に「赤色の紙切」「目下この国のわかものを駆つて、たれかれの差別なく『マルスの歌』の合唱のうちに、硝煙のにほひがするはるか遠方の原野へ狩り立てるところの運命的な紙切」（五六七、五六八ページ）が届き、冬子と三治とふたりで演じていた「ままごと」は完全に終わるに至って、今度は、戦時下の今・ここへ放り込まれようとする三治を受け止める妹の帯子の出番となる。

本籍地の宇都宮で入営するまでの猶予期間に、三治は帯子とふたりで伊豆半島を走り回る。

「全然競争なの。おたがひに抜きつこしてるみたい。息が切れさうになると、もつと息が切れさうなこと代るがはる考へ出すの。海へ行かうといひ出したのは帯子なの。そしたら、静浦まで行かないうちに、三治はもう山がいいつていふの。」「いや、オビイがそばから拍車をかけてくれるんだ。」

（五七四ページ）

「帯子にも判らない。何だかとてもいい気持。でも、三治つたら、ずゐぶんはらはらさせるの。沖で、いきなり泳ぐんだつてつめたい水の中に飛びこみさうにするの。車に乗つたら、きつと崖つぷちをすり抜けなけりや承知しないわ。」「もう危険が危険でなくなつて来た。ここでは、宇都宮までは、何をしたつて安全でしかないといふ気がする。」

（同）

「もう危険が危険でなくなつて来た」「何をしたつて安全でしかない」という逆説的な心理には、戦地に赴く兵士の運試しのようなところもあるが、ここに記紀神話における「三韓征伐」をふまえた、帯子（タラシコ）＝神功《じんぐう》皇后（息長帯比売＝オキナガタラシヒメ）による励ましが重ね書きされている。日中戦争下における帯子のふるまいには神話的背景があったのである。

演技性・メディア性・シャーマン性

ここまで姉妹それぞれの特徴を対比的に見てきたが、姉妹であればきっと共通性もあるはずである。次に、ふたりの共通性について見てみよう。

演劇好きの冬子の真似という営みから、すでに見たようにその〈演技性〉が特徴として浮かび上がるのであれば、妹の帯子についてもまた〈演技性〉というものをみいだせないものだろうか。

先に帯子のふるまいについて、「戦時下銃後の今・ここの現実社会に即応・密着する」とか、「今・ここの現実へ埋没し、同一化してゆく」という言い方をした。もし、〈演技性〉という観点からパラフレーズするならば、銃後総動員体制下の今・ここの現実が求める役割（兵士を励ます若い女性という役割）を演じていることになるだろう。その時、台本あるいは演出家と呼ぶべきものは、総動員体制下の群衆心理ということになるだろう。

冬子の場合、台本は、西洋の戯曲であり、また身体の特殊な状態であったのに対し、帯子の場合は現実が台本となり、現実から求められるものを演じていたということになるが、いずれも一種〈自分がない〉という点で共通していることになる。この〈自分のなさ〉、自己の空虚さ・空洞性を強調するならば、ふたりの〈メディア性（巫女《みこ》性）＝憑依《ひょうい》性＝シャーマン性〉という見方も成り立つだろう。姉妹が「先年つづけて両親をうしな」（五五四ページ）っているという係累の乏しさも、設定上、ふたりの〈自分のなさ〉を容易にするものだろう。

この〈メディア性＝シャーマン性〉を共有しつつ、しかし、それぞれが纏《まと》うものはまったく対照的である。

外向的、躁的な帯子に対して、内向的、メランコリックな冬子。現実が憑依し、現実を真似する帯子に対して、虚構（文学、翻訳戯曲）が憑依し、虚構を真似する冬子。集団主義に親和的な帯子に対して、文学主義的、個人主義的な冬子。……いくつもの二項対立・対照性をみいだしてゆくことができるが、とくに注意しておきたいのはやはり〈死〉の問題である。

死

帯子が姉の死について、「今みたいに、遠くで死にたくないひとが毎日たくさん死んでるときに、なんとなく自分勝手に死んぢやふなんて……」と言ったように、〈内向的な人間による虚構上の死の試みの失敗としての事故死〉である冬子の死は、虚構上の死であり、どこまでも個人的な、私的な、「自分勝手」な死であるのに対して、帯子が寄り添い、同一化しようとしているのは、現実の死であり、戦地における兵士たちの死[*10]であり、公的な死である。

したがって、帯子において、出征兵士を乗せたトラックに向けての「ばんざい！」も、伊豆における三治との拍車のかけ合い・激励も、公的な死につながっている兵士たちへのシャーマンとしての同一化と見るべきであり、それが現実から遊離した姉のようなあり方と相容《あいい》れないものであることは明らかだが、だからといって帯子が時局のすべてを肯定する存在と化したわけではないことを見過ごしてはならないだろう。

それは、冬子の通夜の席で冬子の死の原因についての推測からはじまってやがて時局をめぐる噂話へと展開していった列席者のおしゃべりをたしなめる帯子の次のような言葉に明らかである。

「ここで、あなた方は何をいふことがあるんです。勝手に愉しく『マルスの歌』のおしゃべりをしていらつしやい。それがどんなものだか考へてみもしないで。そんなに好きな歌なら、本気になつて歌つてごらんなさい。さあ、みんなで『マルスの歌』を合唱してごらんなさい……」

（五六七ページ）

この言葉をふまえれば、神功皇后が憑依しているにもかかわらず、帯子に単純に好戦性を認めることは難しいこともわかる。帯子は戦争遂行そのものに対して肯定的に同一化しているのではなく、むしろ開戦後の現実のなかで、死んで行く兵士たちに寄り添っているということになろう。

なお、列席者のおしゃべりにちなんで付言しておくならば、死んだ冬子は、みずからの死によってその通夜の席で列席者たちのおしゃべりを発生させ、時局に対する俗情に満ちた人々のありようを浮かび上がらせる〈シャーマン＝メディア〉となっているとも見られよう。

以上、冬子と帯子の共通性と対照性とを確認してきたが、まだもうひとつ、ふたりの共通性というべきものが残っていた。

美しきシャーマンたちとして

すべてこの間、わたしは柱にぢつと倚りかかつて、一語も発しないでゐた。ざわめきは耳朶の端を掠めて消えて行つた。わたしはただ先刻最後に見た冬子の顔、三治のいつた通り念入に化粧した美しいその顔を宙に追つてゐた。わけてもあやしい光に沈んだその唇の紅の色を……（五六七ページ）

向うの岬の鼻から小舟が一艘進んで来た。［略］ああ三治と帯子だ。［略］二人ともたいへん健康さうにぴちぴちしてゐる。何を心配することがあるのだ。けふは帯子はとくに美しい。黄ろい衣裳が晴れた水の上に似合つて見える……
（五七三ページ）

いずれも姉妹の美しさを語り手「わたし」がみいだし、書き留めた箇所である。ふたりは美しきシャーマン（巫女）だったのである。

ただし、注意しなくてはならないのは、どちらも周囲から切り離された状況にあって初めて美しさを現出させていることである。冬子については、通夜の列席者たちのにぎやかなおしゃべりを「わたし」が主観的に遮断して抱懐したイメージをひとり追うなかでのことであり、帯子については、望遠鏡で背景の富士山も含め周囲と切り離して眺めるなかでのことである。

したがって、社会のあり方を映し出し、浮かび上がらせるメディア的存在たるふたりのシャーマンは、その役割から解放され、外界から、関係性から切り離されている間だけ美しい姿を垣間見せる《かいまみ》ということになりそうである。石川は、「わたし」の美しい従妹たちを時代の犠牲者として供し、そして「わたし」をその目撃者たらしめたのである。

さて、ここまで姉妹について見てきたが、次に、冬子の夫である相生三治についても見ておこう。

相生三治

先ほど帯子という名前の神話的含意についてふれたが、三治という名には、おそらく神功皇后の〈三韓征伐〉にちなんで〈三韓を治める〉の意が込められているのだろう。日中戦争で海の向こうの西の国・中国に進軍して行くことに記紀神話が重ね合わされているのである[*11]。さらに、三治の姓・相生も、〈協同〉〈共栄〉という名目のもとに進出をはかろうとする大陸政策をふまえたものであるかも知れない。

召集令状を受けとったあとの三治は、すでに〈お国のために〉戦うべき人間として戦時下の体制に組み込まれてしまっている。だから、カメラ好きが昂じて新聞社の写真部員となった三治がカメラを持って来なかったということも起こる。浅子逸男が、「第一章で主人公の〈わたし〉が入った映画小屋でニュース映画を見るが、映画を撮るという側に立つ可能性を三治は持っていた。ところが伊豆で出会った三治はいつも持っているコダックを忘れてきてしまっていた。写す側の立場を放棄したのである。赤紙を受けとった三治にとって、記録することなどもはや意味を持たなくなってしまったのにちがいない」と説明しているとおり、もはや三治は客観的距離をはさんで外から時局をとらえる立場にはなく、時局内部の人となったのである。

「わたし」

先に視聴覚メディア等を介した「わたし」を取り巻く総動員の狂躁ぶりを確認し、続いてこの狂躁にかかわることを余儀なくされた「わたし」の身近な人物たちそれぞれの姿を確認した。では、肝腎の「わたし」はどうなのか。状況に巻き込まれ、身近な人物に振りまわされ続ける「わたし」はどうなるのか。

正気と狂気

入営直前に伊豆半島を遊び回る三治と帯子を心配した「わたし」は親戚代表として西伊豆まで出かけることになるが、出征兵士を送る万歳三唱や「マルスの歌」への唱和、冬子の通夜の席と同様の時局秘話の放言等々、「車内にも街頭の季節がそのまま箱詰にされ」（五七〇ページ）ており、「旅行の愉しさ」（五六九ページ）などたちまち消し飛ぶ。

「片隅の席で窒息しかけながら」（五七〇ページ）、鞄《かばん》にたまたま入っていた和本――江戸の寝《ね》惚《ぼけ》先生（大田南畝《なんぽ》）と京の銅脈先生の狂詩の応酬をまとめた『二大家風雅』（一七九〇〈寛政二〉年）――を見つけて開き、寝惚先生の狂詩の文言に接する。

ああ、益〻御風流……この畏るべき達人のたましひはいかなる時世に生れあはせて、一番いいところは内証にしておき、二番目の才能で花を撒き散らし、地上の塵の中でぬけぬけと遊んでゐられたのか。花の中に作者の正体が見えない。今は遠き花かな。益〻御風流……

（五七〇、五七一ページ）

一番大事なものは心に秘めておき、楽しいことばかりではない現世を文才でおもしろおかしくわたってゆく寝惚先生の様子にふれて、「たしかにこの車内の季節では『マルスの歌』に声を合はせるのが正気の沙汰なのだらう。わたしの正気とは狂気のことであったのか。」と時代状況に折り合えない自分の姿を反省する。最初から自己の正気と時代の狂気とをなんらの迷いもなく確信していたのではなく、あらかじめ抱えていたであろう反戦的信念にしても自己の正気への疑念にともなって一度は動揺することに注意しておこう。この作品は決して揺るぎのない〈反戦小説〉などではない。

こうした、時代と「わたし」とどちらが正気でどちらが狂気なのか、という動揺。この局面を通過したあと、本来的な「自然」を発見し、〈思想〉への渇きを意識するという漸次的過程を経て、正気の「わたし」が析出し、周囲に否を突き付けるに至る。このスリリングな道行風のダイナミズムに促されて読者は作品後半を読み進めることになるのだが、以下、この「わたし」が「やめろ」と叫ぶに至る作品後半の経緯について確認しよう。

自然

西伊豆・三津浜に着いた「わたし」に、次のようなことが起こる。

わたしは縁台にかけてぼんやり煙草をすひながら、先刻から何かを感じてゐるやうな気がしてゐたが、きはめて簡単なものが見つからぬもどかしさで、その何かの前に戸惑ひしてゐるかたちであつた。そして、それが秋だとさとるのにちよつと間があつた。ああ、季節。たしかに、今わたしが浸つてゐる季節は『マルスの歌』のそれではないのだ……

（五七二ページ）

政治が、映画や流行歌というメディアを通じて「マルス」の季節を演出しているなか、ここで「わたし」はその人為的な季節からしばらくの間、解放される。テクノロジカルな総動員下に生まれるマスヒステリーの裂け目を通して「わたし」は本来的な季節感＝「自然」を再発見させられるのである。これは同時に、自分を包囲し「国民」を動員する時局の不自然さ＝作為性を確認させられることでもあった。

作中の「わたし」は、このような本来的な「自然」の発見をてこに時局の不自然さを認識し、時局を相対化することができたが、しかし、そのような時局の不自然さは、メディアによる感覚的総動員にともなって、むしろ自然化されつつあったとも言える。冬子の通夜の席上、列席者のひとりが、時局のあり方について次のように語っていた。

「一般に、ある状態に置かれたとき、個人の意志とか感情とかがもののいへなくなる場合がある。その状態に置かれた各人がこれはいかんと思つたにしても、どうにもならんことがある。流行歌が巷を風靡してゐるときなども、さういふ状態を現出するね。流行の中で、みんながつなぎ合はさつてゐるからな。たとへば目下大流行の、あの『マルスの歌』にしても……」

（五六五ページ）

この発言は、個々の違和感を呑《の》み込んで現出する総動員下の群衆心理を、それが権力による上からの動員を下支えする実態をよく説明している。それは抗しがたい自然の勢いとして個々人に迫って来る。

「マルスの歌」発表よりもう少しあとになるが同じ日中戦争下に、小林秀雄が「文学者の覚悟とは、自分を支へてゐるものは、まさしく自然であり、或は歴史とか伝統とか呼ぶ第二の自然であつて、自然を宰領するとみえるどの様な観念でも思想でもないといふ徹底した自覚に他ならぬ事がお解りだらうと思ふ」（傍点山口）と言っている。昭和十年代に入り、インテリ批判・観念批判と並行する形で生活者＝大衆の姿に日本人の伝統や知恵をみいだすようになっていた小林が、既成事実の積み重ねによる戦争の進行・拡大にずるずると引きずられていた政治の動向、そしてその政治に引きずられていた「国民」動向を忠実に掬《すく》い取った発言だろうが[*12]、なしくずし的に現状が肯定され「第二の自然」をも繰り込みつつ自然が拡大されていくこうした勢いに対して、「マルスの歌」の「わたし」は、むしろ自然の語義を厳しく限定するのだ。眼《め》に映った富士山が、自然によって作られたものであるにもかかわらず、「頭脳にたたかひを挑むべき何ものももたぬ」「既成概念」として否定されることはすでに見たとおりである。そのように自然の語義を厳格に限定する「わたし」は、対比的に時局の不自然さを確認し、時局を相対化する眼を獲得する。その眼には、一種自然現象的に個々人に迫って来る群衆心理が、所詮疑似的な自然としてしか映らない。

思想

こうして「マルスの歌」の季節のまがいもの性を確認した「わたし」は、さらに歩を進め、その季節に決定的に欠如したものに突き当たる。

まつたく三治といひ、帯子といひ、プラットフォームのカーキ服といひ、列車の乗客といひ、このわたし自身といひ、をかしいと思ひ出すと際限なくをかしく見えて来た。しかも、たれひとりとくにこれといつて風変りな、怪奇な、不可思議な真似をしてゐるわけでもないのに、平凡でしかないめいめいの姿が異様に映し出されるといふことはさらに異様であつた。『マルスの歌』の季節に置かれては、ひとびとの影はその在るべき位置からずれてうごくのであらうか。この幻灯では、光線がぼやけ、曇り、濁り、それが場面をゆがめてしまふ。ひとびとを清澄にし、明確にし、強烈にし、美しくさせるために、今何が欠けてゐるのか。ここでも先刻茶店で秋を探りあてたときのやうに、何か非常に判然としたものの前でわたしは惑ひ、焦《ぢ》れ、平静をうしなつてゐるやうであつたが、やがてその何かが遅く来て、しみじみと、根強く、隙間なくわたしのうちに満ちひろがつたとき、そんなにも判りすぎてゐるもののまはりに足踏みしなければならなかつた自分が迂闊に鈍物に見え、わたしはたいへん恥かしく、ひとりでに顔が赤くなつた。思想、ああ、思想……はげしくのどが乾いて来た。現実のわたしののどのほかに、どこかでのどが大きく渇いてゐるやうな気がした。

（五七六、五七七ページ）

この作品のクライマックスであり、一編の主題が明瞭に打ち出されたこの箇所についてくだくだしい説明は不要だろうが、〈国民精神総動員〉の名の下に展開される疑似自然現象的な動向に対置すべきものとして「わたし」は「思想」に思い当たり、その「思想」への強い渇きを表明するというのが要点である。ここで言われている「思想」とは、決して反戦思想などといった個々の立場に限定されたものではない。日本語の「思想」はいささか堅い漢語で日常語とは言い難いが、英語の thinking や thought、あるいはフランス語の pensée を思い合わせれば、ここは日常語「考え」「考えること」ぐらいの意味と取っておくのがよさそうだ。付和雷同せず、自分の考えを持つこと、自分の頭で考えること。

「現実のわたしののどのほかに、どこかでのどが大きく渇いてゐるやうな気がした」とある以上、渇きは単に個人的なものにとどまらず、広く同時代の動向一般にかかわるものであろう。「わたし」は、時代状況に対するみずからの違和感の原因として、〈これはいかんと思つた〉各人が抵抗の拠点として抱くべき「思想」が決定的に失われていることを悟ったのであり、それはすなわち個人として人を「清澄にし、明確にし、強烈にし、美しくさせる」輪郭を喪失して群衆心理へと解消してしまった人々のあり方を敵として発見したということである。本来の「自然」に気づき、そして今また「思想」という大切なものに気づいた「わたし」は、「自然」と「思想」との間に疑似自然的に展開する〈国民動向〉こそ敵であると見定めたのである。

したがって、食堂で「マルス」のレコードがかけられようとした時に叫ばれる「やめろ」の声は、作品の劈頭《へきとう》すぐ、トラックから流される「マルスの歌」に向けて室内で叫ばれた「NO！」とは大きく異なっている。この「やめろ」は、思わず発せられた声とはいえ、マスヒステリーに陥った「国民」という名の敵に向けて過たず放たれた矢だった。「わたし」は、たちまち「叱責の眼」に突き刺され、その眼に「威武を恃《たの》むものの得意さが露骨にあらはれてゐ」る（五七八ページ）のを見せつけられるが、これこそ「個人の意志とか感情とかがもののいへなくなる」群衆心理の典型的な表われ方であったことは言うまでもない。

まとめ——同調圧力に抗して

従来、掲載誌の発売禁止処分と相俟《あいま》って反軍的・反戦的な主張を盛り込んだ勇気ある作品というこ とで評価されてきた「マルスの歌」であったが、銃後国民の群衆心理を高みに立って批判するのではなく、銃後国民の狂躁状態・メディア動員も見据え、身近な者が戦時体制のなかで変貌してゆくさまもしっかりとらえ、自他いずれが正気か狂気かと戸惑い動揺する局面も孕《はら》みながら、最後にやはりどうしても群衆心理的な狂躁状態に同一化できないでいる自分自身を語り手「わたし」がみいだすまでの過程を描いた作品であることが確認できた。

決して、揺るぎない体制批判、揺るぎない戦争批判が描かれた作品ではなかった。むしろ戦争遂行という名の同調圧力、「流行の中で、みんながつなぎ合はさつてゐる」さまがつぶさに描かれた作品であり、その同調ぶりへの違和感を、同調圧力への不服従を語った小説であった。その点で、大学時代の田中優子氏が「「反戦」という枠を出られない」形で「マルスの歌」に出会った、いや出会い損ねたのは残念なことであった（第一章30ページ）。

「変なはなしだと思はれるかも知れません。まつたく変なはなしです。しかし、それを変だと思はないほど、ぼくは日常そのことに慣れつこになつてゐたんです。いや、さうぢやない。今でこそ変だといひますけど、そのときには別に何とも思つてゐなかつたんです。ともかく、いたづらといはうか常談といはうか、事実冬子にはそんな癖がありました。それがたうとう取りかへしのつかないことになつてしまひました。まつたくぼくの不注意……ぢやすまない。何とも残念、みなさんの前でこの通り冬子にあやまります。」

（五六〇ページ）

これは冬子の通夜の席での三治の挨拶であり、ここには非日常が日常のなかに埋もれてしまう人の生のありようがリアルに語られているが、日本で、世界で、ネオリベラリズムが支配し、格差・分断が拡大し続けている現代にも、そこかしこに冬子が、窒息しかかっている冬子が息を潜めているのではないのか。せめて語り手の「わたし」のように死なずにいるためには、強いもの、支配的なものが強いてくる圧力、同調圧力に決して屈せず、決して服従せず、自分で考え、「やめろ」と叫びたくなったら我慢せず叫ぶこと。

八十年以上前に〈不服従の作法〉を書き込んだ石川淳「マルスの歌」は、作品にとっては名誉かも知れないが現実にとってはたいへん不幸なことに、今なお賞味期限が切れていない。

註

＊1　この作品集は、米兵と付き合う日本人女性を描き込んだ「黄金伝説」（一九四六年）が、表題作でありながら、今度は占領軍の検閲により収録できず、検閲絡みの因縁が濃厚である。

＊2　Zeljko Cipris, *Mocking Militarism*（軍国主義を嘲笑すること）, *Counterpunch*, April 10, 2003（http://www.counterpunch.org/2003/04/10/mocking-militarism/）二〇一〇年十一月十四日現在、URLは有効。ただし、末尾の「マルスの歌」英訳へのリンクは切れている。

＊3　『石川淳全集』第一巻、筑摩書房、一九八九年。以下、引用に際しては、引用直後にこの底本のノンブルを示す。

＊4　一九三七年八月、「挙国一致・尽忠報国・堅忍持久」を標語とする「国民精神総動員実施要綱」が閣議決定、翌月、内閣訓令。十月、国民精神総動員中央連盟結成。

＊5　内閣情報部編集「週報」（一九三七年十一月十日、十二月二十二日）、杉浦晋「石川淳『マルスの歌』試論」（「稿本近代文学」一九八九年十一月）を参照。ただし、歌詞決定後に公募された「愛国行進曲」当選曲譜の発表は十二月二十日、演奏発表会は十二月二十六日、レコードの発売は翌年

一月に入ってからで、「文学界」一九三八年新年号（実際の正確な発売日は確認できないが、雑誌記載の印刷日は一九三七年十二月十日、発禁処分は十二月二十九日付）に発表された「マルスの歌」執筆時にはまだ曲を耳にできなかったはずである。

＊6　新聞や「キネマ旬報」「日本映画」「映画評論」に載った同時代評を読むと、総じて撮影監督リヒャルト・アングストの撮影技術への評価は高いが、継ぎはぎ的な観光映画性や主題の図式性などに関する批判が強かったことがわかる。

　この大衆動員された映画をめぐる賛否双方にわたる多様な議論が当時流行した「日本的なもの」の議論と連動しながらナショナルな言説空間を生み出していった点については、山本直樹「風景の（再）発見─伊丹万作と『新しき土』」（岩本憲児編『日本映画とナショナリズム　１９３１─１９４５』森話社、二〇〇四年）を参照。

＊7　後年、石川は安部公房との対談「石川淳の人と文学」（「付録43」『日本の文学60　石川淳』中央公論社、一九六七年、のちに『夷斎《いさい》座談』同、一九七七年に収録）で「（石川）抵抗があるとすれば、たとえば富士山みたいなものはいやだ。／（安部）たとえば地方性、一般的な意味じゃなくて、日本的な意味での農本主義的な文化観がありますね。／（石川）それがいやなんだ。富士山に抵抗するというのは、もっと抽象的に言えば、日本的なものがいやだということだな」と「日本的なもの」の象徴への嫌悪としてまとめている。なお、富士山がそれとの距離の取り方によって多くのことを語らせる存在であることは、富士山とのさまざまな取り合わせ方を通じて登場人物の心情の陰影を巧みに物語る太宰治「富嶽百景」（一九三九年）にも共有されている。

＊8　これら身体の障がいの真似については、戦時体制に適応できない自らのありようを、言わば〈不適応の身体化〉という形で強迫的に表現せずにはいられない冬子の姿をみいだせよう。作者に差別意識はないはずで、冬子をここまで追い込む時代状況こそが問題なのである。

＊9　時局は「享楽廃止」「醇風美俗」に傾いていたことに注意したい。たとえば、一九三七年七月二十二日、横浜市が女性職員のドーラン化粧・描き眉・アイシャドウを禁止したことは時代の雰囲気をよく物語る。

＊10　「遠くで死にたくないひとが毎日たくさん死んでるときに」と言われる時の「死」には中国人とりわけ民間人の「死」も算入されているのだろうか。ニュース映画中の日本兵に宣撫される中国人の子どもの表情に無言の「NO！」を「わたし」が読みとっていることから、作者の意図としてはまちがいなくそうだろうが、登場人物・帯子自身はどうとらえていたのか。この問いは結局当時の日本人の一般的な認識を問うことにもなろう。

＊11　「普賢」でも縦横に用いられた〈見立て〉の方法（第一章を参照）が、日本の東アジアへの進出という文脈を支えに帯子と神功皇后の重ね合わせという形で用いられており、ここにはもちろん、古代神話との重ね合わせにより時代状況に向けて戯画的ななぞりが提出されているわけだが、この見立てを帯子の流行歌への呼応と相関させれば、総動員体制における神話的非合理性と技術的合理性の癒着による感情的動員（山之内靖「総力戦・国民国家・システム社会」「現代思想」一九九六年六月号）の実態が示されていると読むこともできよう。

＊12　これは、丸山眞男などが論じた、作為を抑圧隠蔽する日本的自然の問題ともかかわる。

第五章

たとえば「文学」、たとえば「佳人」
——総合的石川淳論の方へ

鈴木貞美

この章は、決定版『石川淳全集』（全一九巻、筑摩書房、一九八九〜一九九二年）の編集に携わり、その過程で石川淳の全文業に徹底的に付き合った鈴木貞美氏に、その経験もふまえつつ石川淳の文業の全体像にかかわるいくつかのポイント、〈江戸〉〈学識〉〈精神の運動〉はもちろんのこと、総合小説やセルフ・パロディーといった点についても語ってもらう。

必ずしも個々の作家に限定せず、『「昭和文学」のために―フィクションの領略　鈴木貞美評論集』（思潮社、一九八九年）、『「生命」で読む日本近代―大正生命主義の誕生と展開』（日本放送出版協会、一九九六年）、『日本の「文学」概念』（一九九八年）、『「日本文学」の成立』（二〇〇九年）ほか広く表現史的な観点から文芸文化を論じてきた鈴木氏が、「石川淳を中心において「昭和」の文芸文化史を見渡すなら、景色がガラリと変わるだろう」と述べる。

これまでの章でも石川淳文学という多面体をさまざまな角度から紹介してきたが、本書の締めくくりとなるこの章を通じて、その景色の変わりようを具体的に確認して頂きたい。（山口）

その存在

石川淳の存在を抜きに「昭和文学」は語れない。そう断言してよい。その間口は広く、多くの作家の作品や批評と関係づけられる。石川淳を中心において「昭和」の文芸文化史を見渡すなら、景色がガラリと変わるだろう。

ここで「昭和文学」は「昭和」期に生まれた文芸作品に限らない。古代からの日本文化全般をめぐる人文諸学の流れが、戦中の苦難と蹉跌《さてつ》を乗り越え、戦後にもっとも豊かに開花した時期である。だが、考証や批評の百花繚乱《りょうらん》は百家争鳴に等しく、その混乱や錯乱の整理は、今後に委ねられていると言わざるを得ない。そのなかにあって、石川淳の仕事の果たした役割も、まだほんの一端しか明らかにされていない。わたし自身、なかなか踏み込めないできた。「石川淳『佳人』の成立」（一九八四年）に出発した石川淳作品史も、途中で投げ出したままだった。

作品史の仕事には未報告の作品、また周辺の文芸文化史の掘り起こしがともなう。石川淳作品の発掘は、渡辺喜一郎[*1]、狩野啓子（現・久留米大学名誉教授）両氏が先行しており、おふたりと協力しながら、習作期からその軌跡を追ったが、戦後の短編小説群にかかって頓挫した。そのひとつ、「かよひ小町」（一九四七年）のタイトルは、深草少将が小野小町のもとに百夜通う能の演題を借りている。だが、語り手は芸妓《げいぎ》・染香《そめか》と一夜のうちに懇《ねんご》ろになる。これでは、まるで謎かけ、ないしは判じ物ではないか。しかも語り手は、染香の乳房の横に浮かぶ赤い斑点を癩《らい》（レプラ）[*2]の症候と見て、彼女とカトリック教会で結婚式を挙げる決意をし、その翌朝、ふたりの道行の途中には共産党の赤旗が翻る。なぜ、カトリックなのか？　レプラの症候と赤旗の関連は？　これら寓意《ぐうい》の錯綜《さくそう》が解けず、「かよひ小町」を投げ出したのだった。

　作品史は、その作家の作品群の展開を文芸文化史全般のなかにおいて、それぞれの位置を明らかにしてゆく仕事である。わたしは「古風な私小説作家」（丸谷才一「梶井基次郎についての覚え書」一九五九年）などともいわれていた梶井基次郎の作品群と長く取り組み、彼が志賀直哉「城の崎にて」（一九一七年）を典型とする「心境小説」（後述する）の流れに立ちながら、「檸《れ》檬《もん》」（一九二五年）では、ワシリー・カンディンスキーの構成主義絵画をヒントに、視覚・嗅覚・触覚など五官の感覚断片を組み合わせる方法を開拓し、昭和モダニズムの先端を拓《ひら》いたことを明らかにし、それを形成期の都市大衆文化と関連づけ、探究は江戸川乱歩や雑誌「新青年」にも及んだ。他方、アンリ・ベルクソン等、「宇宙の生命」「普遍的生命」（ともにuniversal Lifeの訳語）を原理とする二十世紀ヴァイタリズム（生命主義）哲学をさまざまな伝統思想で受け止めた思潮が、天皇を「宇宙大生命」のあらわれとする肥大化した観念や、一九三〇年代に侘《わ》び・寂《さ》びや幽玄を日本の象徴美学、「日本的なるもの」とする芸術論を台頭させたことなども明らかにしてきた。だが、それらに対する石川淳のスタンスを探るという当初からの企ても、よく果たせないまま、今日に及んでいる。

石川淳没後

一九八七（昭和六十二）年に石川淳が亡くなった。「すばる」の追悼号、「ユリイカ」の特集（ともに一九八八年）、また『新潮日本文学アルバム』（一九九五年）など、彼の年譜を編み、その生涯を通覧する仕事が重なった。自然、個々の作品を突っ込んで論じることから遠ざかった。その間、新編『石川淳全集』の編纂《へんさん》に携わる機会を与えられ、著作の全容を明るみに出す仕事にまい進した。藤本寿彦氏（現・奈良大学名誉教授）の協力を得、石川淳の著作に悉皆《しっかい》調査をかけた。情報ネットワークが飛躍的に発達した今日とはちがう。連日、あちこちの図書館に潜って、文芸雑誌、総合雑誌はもとより、若年女性向け、能楽にもわたる雑誌類の目次を見渡し、ページを繰った。これで近現代文芸文化史と取り組む足腰が相当、鍛えられたと思う。

新編全集の作品解題には初出雑誌の印刷日も書き込んだ。それは、ほぼ当局への届出日にあたり、執筆者の手元を確実に離れた日にもっとも近い。論議の進展にも言論統制の機微にもかかわることが多い。戦争ムードを揶揄《やゆ》したため、発売頒布禁止処分を受けた石川淳「マルスの歌」が掲載された「文学界」は一九三八（昭和十三）年一月号だが、前年十二月十日印刷。十二月十五日の人民戦線事件（労農派系反戦運動の取り締まり）と連動していることは明らかである。

この時「文学界」の編集責任者は河上徹太郎で、石川淳とともに罰金刑を受けた。実際に払ったのは「文学界」の経済難を救って、文藝春秋社に抱えた菊池寛だった。菊池寛は俗説に相違し、日中戦争の拡大に遺憾の意を表しており、「文藝春秋」十一月号まで、その意向が誌面に窺《うかが》える。本誌は取り締まりの強化をつかんでいた節があるが、それは「文学界」には伝えられず、河上徹太郎も、この程度の内容なら検閲を通ると判断していた。ところが、十二月中旬の南京《ナンキン》虐殺事件は、数日で報道管制が敷かれ（推定）、同時に反戦・厭戦《えんせん》の表現が抑えこまれた。その巻き添えを食った第一号が「マルスの歌」だった。

書誌は書物の形態を彷彿《ほうふつ》させるように記すのが本来である。判型もページ数も記さない「目録」をもって書誌を僭称《せんしょう》するつもりは毛頭なかった。諸外国の書誌を参照して、理想の書き方を決めたのはよかったが、面食らうことに多々ぶつかった。たとえば岩波文庫は「版」（エディション）が変わっても、それを記さず、「刷」（増刷）を通番で記す時期が長い。石川淳のアンドレ・ジッド『法王庁の抜穴』の翻訳（一九二八年）は、改訳時に「改版の序」が付されたが、これがいつの版か皆目知れない。行きあたるまで古書店で購入してゆくしかなかった。

また、石川淳の評論が収録された永井荷風の文庫本がある。その初版にどうしても行きあたらず、最後の手段に出て、ツテを頼りに内緒で（必要事項以外はマスキングして）書肆《しょし》の制作台帳を見せてもらったこともあった。刊本の判型を判断するのに、紙の漉《す》きの向きを読むのが必要なこともある。判型と刷りの向きが食いちがう刊本に出会い、出版社の制作部を訪ねて、特注の用紙と教えられ、納得のいったケースもあった（文藝春秋「現代日本文学館」シリーズ）。

なぜ、そんなことにまでこだわるのか。印刷・製本技術の進展にもよるが、造本・装幀《そうてい》は書物の格、定価・部数の目安になる。石川淳の本は凝った装幀で比較的高価なものが多い。石川淳は戦中期も執筆をつづけ、それでいて抵抗を貫いた稀《まれ》な作家である。それゆえ戦後、流行作家なみの活躍ぶりだった。が、ベストセラー作家の類いではない。けれども、その新編全集は最終巻まで、同時期に刊行されていた著名な戦後作家の個人全集の四倍の部数が出たと聞いた。言わば「決定版全集」を待っていた熱心な読者が知識層全般に広く散在していたのである。

このように書誌や解題は、すべての文献にかかわる研究の土台である。口はばったい言い方になるが、新編全集第一九巻の「書誌」（とりわけ「書誌」中の「刊本目録」）は、日本近現代書誌史上、記憶にとどめられてよいものになったと自負している。とはいえ、書誌に完璧などということはあり得ない。その後、短編「茶番興行花いくさ」が山口俊雄氏（現・日本女子大学教授）によって発掘され、翻刻・紹介された。[*3]もうひとつ敗戦後、中国で刊行された雑誌「晋風」に掲載された短編小説「占はれた人生」が未詳だったが、最近、「窮庵《きゆうあん》売卜《ばいぼく》」（一九四六年）を無断で改題抄録したものと判明した。[*4]評論・随筆では『文学大概』（一九四二年）中「虚構についての」が初出未詳のままだが、これは『文学大概』刊行時に補填された可能性もあろう。

たとえば「文学」

そののち、わたしは『梶井基次郎全集』（全三巻・別巻一、筑摩書房、一九九九〜二〇〇〇年）の編集にも携わったが、この手の仕事は表現のディテールに目が届く。作品を再考するにはよい。だが逆に、片言隻句に悩まされることにもなる。

石川淳の長編「白描」（一九三九年刊）は、ロマン・ロランらの「大河小説」（ロマン・フルーヴ）を待望する機運を受けて出された月刊文芸雑誌「長篇文庫」の第二号から連載がはじまる。その作家みずから「梗概に代へて」の筆を執り、戦時下の検閲に過敏なほど神経を遣っている。その最終回には、タイトルの「白描」は内容に合致しないので「東方の風」と改題する旨、予告がなされた。東洋美術を題材に、当初は墨絵の線描画について展開するつもりだったが、それにふれられなかったためと知れるが、「どうか、東方にこだわらないで下さい」と不思議なコトワリ書きがついている。だが、「東方の風」では、やはり東洋主義の鼓吹と受けとられかねないゆえだろう。結局、改題はおこなわれず、「白描」のタイトルで単行本化された。が、先のコトワリは「一般に、本文が小説であるのに対して、題は常に文学なのです」とつづいていた。「小説は文学ではない」というに等しい。これにわたしは長く引っかかっていた。

石川淳の戦後のエッセイ集『夷斎《いさい》筆談』中「面貌について」（一九五〇年）には「士大夫の文学は詩と随筆とにほかならない。随筆の骨法は博《ひろ》く書をさがしてその抄をつくることにあった」という一文がある。ここで「随筆」は、南宋の洪邁《こうまい》による『容斎随筆』シリーズに発する経典類の註や疏《しょ》（コメント）の集成の流れをとらえていい、その撰録《せんろく》がいわゆる「抄もの」である。

また、のち『江戸文学掌記《しょうき》』（一九八〇年）の巻頭「遊民」には「天下はばからぬ志士仁人の文学なんぞといふだいそれた名薬は四民の下の戯作者ふぜいがおもひもつかないことであった」とある。江戸時代に「文学」は、藩校の儒学の先生や彼らが誌《しる》す漢詩文を指していった。それゆえだろう、戯作にも読本にも漢文調の題がついている。歌舞伎の外題（名題）や枕絵の一部にも及ぶ。それが「白描」の改題予告にいう「題は常に文学」の意味である。

石川淳の小説のタイトルも、一九三五（昭和十）年の作品では、「佳人」は中国の物語類型「才子佳人」を、「貧窮問答」は山上憶良《やまのうえのおくら》の長歌をふまえている。むろん『万葉集』の詞書は漢文である。「葦手《あしで》」は、葦手書きの意味で、日本では多く蒔絵《まきえ》などの平仮名のデザイン文字をいうが、もとは中国で漢字を図案化したものを「葦手《イシュ》」といった。「山桜」は日本語だが、翌三六年には「秘仏」「衣裳」「普賢」と漢語の題がならぶ。三七年の「履霜」は『易経』（坤卦）中の「履霜、堅冰至」（霜を履《ふ》んで堅氷至る）をふまえる。霜のあとに堅い氷の季節がくる、注意を怠るな、という警句である。

「小説は文学ではない」のほうは、たとえば折口信夫《おりくちしのぶ》「逍遙《しょうよう》から見た鷗外《おうがい》」（一九四八年）が「小説は明治になって『文学』になった」と論じていることと考え合わせれば、意味は明らかだろう。江戸時代には戯作も読本も「文学」の範疇《はんちゅう》（カテゴリー）に入っていなかった。賀茂《かもの》真淵《まぶち》は「文学」と「歌学」を並列しているが、上田秋成は浮世草子のなかで、和歌を「遊芸」としている。さかのぼれば『古今著聞集』の部立てにある「文学」は漢詩文の意味である。古来、「文学」は漢詩文を指し、和歌も物語も「文学」と呼ばれたことはなかった。この規範は固く、まだ例外も見つからない。

つまり、「文学」という語の意味は、明治期に西洋の概念を受けて新たに組み換えられたのだ。それはまず大学の文学部の「文学」、西洋の「人文学」(the humanities)に相当する意味に置き換えられた。ただし、当時の西欧各国の国文学(national literature)の範疇とはズレて、「日本文学」は、外国語である漢詩文、『古事記』などの神話や宗教の教義書、当時の西洋では学習の対象から外されていた民衆の読み物(popular literature)も含む概念が早くから定着した。

もうひとつ、そのなかを「哲・史・文」に分けた時の狭義の「文学」がある。石川淳『江戸文学掌記』の「文学」もそうだが、今日、われわれは前近代の和歌・俳諧・物語、戯作・浄瑠璃や歌舞伎の台本などを押しなべて「文学」と呼んでいる。当初は広義の「文学」と区別するため、「純文学」ないし「美文学」と呼び分けていた(これは、一九二〇年代に成立する「大衆文学」の対義語ではない)。この狭義の「文学」は、感情表現をもって芸術と呼ぶ近代ドイツ流の考えによっており、それゆえ「叙情詩こそが芸術」「勧善懲悪は芸術ではない」などの主張もなされてきたわけだ。今日でこそ、この近代のモノサシを振りまわす人は少なくなったが、長く古典や近現代の「文学」の評価に混乱をきたすおもな原因になってきたのである。

江戸に留学

このように「文学」ということばの意味は明治期に組み換わったが、石川淳・夷斎先生は

「乱世雑談」（一九五一年）でいっている。「わたしはいくさのあひだ、国外脱出がむつかしいので、しばらく国産品で生活をまかなつて、江戸に留学することにした。そして、明和から文化に至る何十年に日本の近代といふものを発見したよ」と。明和からと区切っているのは、彼が戦の間に書いたエッセイ「江戸人の発想法について」（一九四三年）を参照するなら、大田南畝《なんぽ》らが『唐詩選』の俳諧化（滑稽化）をはかって、狂詩集『寝惚《ねぼけ》先生文集』（一七六七年）を編んだことを念頭においているとわかる。『唐詩選』は、中国・明代に実質的に国教化された朱子学を嫌い、古典詩文を尊重する古文辞派が編んだアンソロジーだが、中国ではすでに南宋で編まれた『三体詩』（五言・七言の律詩と七言絶句で三体）に定評があり、商売ものと非難を浴びて、今日まで顧みられることはない。ところが日本では、江戸初期に那波《なわ》活所（道圓）、元禄《げんろく》の頃には貝原益軒が称賛したことが知られているが、なんといっても江戸中期に荻生徂徠《おぎゅうそらい》派が高く掲げて一世を風靡《ふうび》し、日本人の漢詩趣味を決定した。雑駁《ざつぱく》にいえば、仙境に遊ぶ李白の詩は軽んじられ、荘厳な杜甫《とほ》を重んじる風を広げたのである。

　石川淳はまた、エッセイ「散文小史―一名、歴史小説はよせ―」（一九四二年）では、大田南畝・朱楽菅江共編『万載狂歌集』（一七八三年）を指してのことだろう、「歌の歴史では、新古今集以来の堂上派の政治に対するブルジョア革命であらう」と述べている。堂上派は王朝貴族の伝統を引く公家歌人の流れをいい、その権威をコケにした南畝らは町人層を基盤とするゆえ、「ブルジョワ革命」に見立てたのだ。この見立ての妙は、権威を洒落《しゃれ》のめすパロディー、その批評精神を高く買った石川淳ならではといってよく、実際それは、昭和戦前期において「発見」だった。

実のところ、二十世紀への転換期から、蒲原有明《かんばらありあけ》ら、生命主義の立場に立つ象徴派詩人たちは、日本の象徴主義として芭蕉《ばしょう》俳諧を礼讃《らいさん》する流れを作っていた。他方、佐佐木信綱ら歌人は、国学系の一部を除いて、無視されていたに等しい『新古今和歌集』、とくに藤原定家の技法を象徴主義に寄せた評価をはじめ、このふたつが合流して、一九三五年前後には、中世の「侘び・寂び」や幽玄を「日本的なるもの」と称賛する大合唱が起こっていた。それに対して石川淳は、同じ中世に興った俳諧連歌、すなわち滑稽化の流れを追って、中世美学礼賛の波をぶち破るような提言をしていたのだ。彼が権力と権威に対する批判精神の持ち主だったゆえだが、他方では、自己戯画化、セルフ・パロディーにも敏感だった。外の権威を揶揄する精神は、内攻すれば、自己戯画化に転じる。とくに大田南畝の狂歌は、時に「こんなにダメなわたし」の罵倒にまで及ぶ。

だが、世の権威に反抗する精神は、寛政の改革で弾圧を受け、文化文政期には低落した。むろん石川淳は、それをよく承知していた。江戸に「近代革命」を発見したとはいっても、天明前後の一時期、文芸（文のワザ）の世界に限って、価値観を転倒する挑戦がなされたのだった。

その天明期、儒学者で漢詩人の江村北海は、漢詩文の初学者向け手引書『授業編』（一七八三年）で、音読と看読（黙読）とのちがいについての質問に、音読は大意をつかむのによく、看読は精読に向いているなどと答えている。漢文学習は素読と決めてかかるべきでないことがよくわかるが、どうやら、この頃から庶民の間に漢詩文の学習熱が盛んになっていたらしい。天明の末には徂徠派から朱子学に帰る人が出始め、寛政異学の禁は庶民の間にも朱熹《しゅき》が定めた四書の学習熱を呼び起こした。仁・義・忠・孝などの珠《たま》が飛び散る曲亭馬琴『南総里見八犬伝』（一八四二年初版）は、その風潮を受けていたと考えてよい。つまり江戸の文化史の総体が近代に向かっていたわけではない。そして馬琴の流行は、活字本になって明治中期までつづいた。

価値転倒の企てもアナクロニズムも、文芸の世界を豊かにする。だが、それを実際の歴史認識に持ち込むと錯誤に陥る。「士農工商」の職分（生まれた家の職業による身分）は、養子のやりとりなどによって江戸後期には相当崩れてはいた。が、明治維新政府が一八七二（明治五）年十一月、徴兵告諭で四民平等を宣言するまで、制度としては保たれていた。今日、それが案外、忘れられている。[*5]

ところで、先の「江戸人の発想法について」には「操作」の語が十回以上出てくる。そこでいう「発想法」とは、考え方と概念が関連し合うことをいっている。もとはアインシュタインの相対性理論がニュートン力学の時間・空間の概念を変えたことを指して「操作主義」(operationism) と呼ばれたことの応用である。戦後の短編小説「雅歌」(一九四六年)には、マックス・プランクが理論物理学を築いたプランク常数も出てくるから、彼が量子力学にも関心を持っていたことは石川淳の読者は知っている。評論「岡本かの子」(一九四四年)の途中に「分析的認識の限界」や「作用量子」の語も見える。その頃にはヴェルナー・ハイゼンベルクの不確定性原理も齧《かじ》っていたらしい。と思いきや、「江戸人の発想法について」が掲載された「思想」一九四三(昭和十八)年三月号の直前、その一〜二月号には西田幾多郎「知識の客観性について」が載っていた。古代ギリシャから物理学は数学という観念操作によっていたと論じるハイゼンベルクの論文を枕にふって、自然科学が人為的な観念操作によって成り立つということを論じている。この西田の論文で石川淳が操作主義を知ったと決めつけるつもりはないが、彼の精神の運動が機敏なことはよく知れよう。

「江戸人の発想法について」は最後、洒落本から人情本への展開に及ぶ。石川はそれらの特殊な遊里の観念に着目している。それはのち、「秋成私論」(一九五九年)を経て「山東京傳《さんとうきようでん》」

（一九七九年）に展開される。ここで広末保『悪場所の発想―伝承の創造的回復』（三省堂、一九七〇年）などを思い浮かべるのは、わたしだけではないだろう。またそこには為永春水《ためながしゆんすい》の人情本のスタイルが明治前期につづくという指摘もある。だが、今は先を急ぐ。

その間の評論「蕪村風雅《ぶそん》」（一九六〇年）で、石川淳は、与謝《よさ》蕪村の連歌が発句の一句立てに向いていることを看破している。正岡子規が近代文芸として「俳句」を打ち立てる際、その一句立ての性格を見抜いて、蕪村を称揚したことはよく知られるが、子規は『俳人蕪村』（一八九七年）で絵画の写生（スケッチ）を引き合いに出しはしても、文芸の核心は主客の間に生じる印象・感情においている。[*6]なお、石川淳は歌仙も近代俳句も愛好していた。

そのあと、石川淳の評論「細香女史」（一九六二年）は、江戸後期の女性詩人・江馬細香が漢詩の師匠だった頼山陽《らいさんよう》に寄せた熱い恋情をめぐるものだが、「国産の詩が国人にとって外国の古詩よりも耳遠いといふやうな例がどこの外国にあるだらうか」と、江戸漢詩から遠ざかった詩人や批評家をめずらしく強い調子で叱咤している。これは中村真一郎『頼山陽とその時代』（一九七一年）などを誘い出した気味もある。中村真一郎は、言わば同好の士、ドイツ文学者の富士川英郎《ひでお》との対話「西洋詩と江戸漢詩を繋ぐもの」（一九九二年）で、江戸後期の漢詩評価の下地を森鷗外、永井荷風、芥川龍之介、日夏耿之介《ひなつこうのすけ》とたどって石川淳に言い及んでいる。[*7]だが、石川淳が天明狂歌に「近代」を発見したことと中国・明代の性霊派漢詩を受容し、江戸後期の漢詩に都会の抒情《じょじょう》や風物詩があふれたこととの意味はだいぶちがう。このあたりは、石川淳『南画大体』（一九五九年）なども併せ、もう少し広く考えてみたいところだ。

学識の構え

先の「江戸に留学」は、石川淳の読者の間に洒落た言いまわしとして知られる。だが、これに出所があることを知る人は少ないだろう。二葉亭四迷「余が言文一致の由来」（「文章世界」一九〇六年五月号）の末尾に「今かい、今はね、坪内先生の主義に降参して、和文にも漢文にも留学中だよ」とある。そこでは、坪内逍遙に円朝の落語を参考にしろと言われたが、それに逆らって、江戸・深川あたりの、もっと庶民的にくだけた式亭三馬のレトリックを頼みの綱にしていたことを明かしている。実は、ここに二葉亭の言文一致の秘密が明かされていたということに最近気づいた。今、詳しく述べる余裕はないが、その和文や漢文の勉強は、たとえばツルゲーネフ「あひびき」の改訳（『片恋』一八九六年所収）に、よく示されていると言っておこう。

石川淳は評論「二葉亭四迷」（一九四三年）に、この「由来」を読んだ跡を残していないが、読まなかったはずはないと想《おも》う。二葉亭は淳にとって東京外国語学校の先輩にあたる人、また東京下町風のいわゆる伝法な言いまわしを駆使する彼の饒舌体《じょうぜったい》にもかかわるだろう。そして石川淳は、評論「岩野泡鳴《いわのほうめい》」（一九四三年）を書くのにも、その全集一八巻（国民図書、一九二一～一九二二年）を読破してからかかっていた（その中身については後述する）。「二葉亭四迷」「岩野泡鳴」、そして先の「岡本かの子」も、佐藤春夫・宇野浩二監修・編纂の『近代日本文学研究』（小学館、一九四三～一九四四年）に寄せたもので、このシリーズは当時の講座ものにあたる。石川淳に二葉亭や泡鳴を割り振った監修者の見識もさすがだが、それに応えたほうの構えもまともだった。原稿料で糊口《ここう》をしのぐような生活を送ってはいても、一度は（旧制）高等学校の教壇に立った人である。作家を論じるのに、その著作の大半に目を通すのは当然と心得ていた。

石川淳が一九二四（大正十三）年、創立間もない福岡高等学校のフランス語講師に着任してすぐのエッセイ「文芸思想史に於けるアナトオル・フランスの位置」は、当代フランスの指標となる批評をふまえ、文学史的展望に立って作家の位置をはかるオーソドックスな構えをとっている。アナトール・フランスの思想が自由主義から社会主義に転じたことに関心を注ぎ、その転向をデンマークのユダヤ系の批評家で『十九世紀文学主潮』で知られるゲーオア・ブランデスが自由主義からラディカリズムへ転向したのと同様の「慣用手段」と述べている。このヨーロッパの知識人の思想転向への関心の向きは、当時の若い世代を代表しているだろう。

その冒頭、福岡に着いて、八百屋の店頭で、南方の果物に自然の香りを嗅いだところからはじめているのは、この時期、彼がアンドレ・ジッドの『背徳者』（一九〇二年）などに原始志向を刺戟《しげき》されていたゆえだろう。だが、ここも都会、と折り返し、社会主義に論点を移してゆく。

学識といえば、石川淳は幼少の砌《みぎり》、昌平黌《しようへいこう》助教だった祖父・石川省斎《せいさい》から漢詩文の手ほどきを受けたことはよく知られる。が、その素養を朱子学と断じる向きには首を傾《かし》げざるを得ない。幕末の昌平黌・筆頭儒官・佐藤一斎《いつさい》は、寛政異学の禁にもかかわらず、朱子学・陽明学兼修で知られ、陽明学を学んだ弟子が幕末・維新期に各地の民権運動に活躍したことは定説である。ところが石川淳は、鷗外贔屓《ひいき》に徹した評論集『森鷗外』（一九四一年）で、唯一、「大塩平八郎」の章で鷗外の社会主義嫌いをけなしているが、大塩平八郎が王陽明を学んでいたことにふれずにいる。この姿勢がもうひとつ、よくわからない。戦後のエッセイ「宇野浩二」（一九六一年）では、本郷・菊富士ホテルで先輩作家、宇野浩二と同宿の間柄だったことにふれた条《くだり》に、王陽明『伝習録』から一句が引かれており、勉強したことを隠す素振りは見せていない。

それはともかく、そののち、石川淳が関心を寄せたのは、明代古文辞派の古典復帰の姿勢を経学にも及ぼした荻生徂徠の学統だった。徂徠については講演「江戸文学について」（一九七二年）で嚙《か》み砕いて紹介しているが、それ以前、徂徠の高弟で詩文に徹した服部南郭に親炙《しんしゃ》した。南郭は『唐詩選』を絵入りのものや中国語の四声の符号つきなど何種類も編んだことで知られる。

石川淳の代表作のひとつ「焼跡のイエス」（一九四六年）には、敗戦のどさくさのなか、谷中《やなか》天眼寺に、南郭の筆になる太宰《だざい》春台の墓碑銘の拓本を採りにゆく、まったく浮世離れした語り手が登場する。その頃の作家の実際の行動だったかどうかは問わなくてよい。そこでは南郭の詩風を瀟洒《しょうしゃ》と形容している。つまり石川淳の留学先は、戦が進むとともに天明から享保にさかのぼったことが知れる。

そして、そこには、春台については人柄を好まないとある。その行文に釣られて、春台の著作を覗《のぞ》いてみると、徂徠没後の『経済録拾遺』（一七四〇年代）では、徂徠が幕府財政を立て直すためにおこなった現実即応的な古典解釈に生じた功利主義の芽を拡張し、「資源を掘りつくせ」と諸藩に殖産興業を煽《あお》っている。江戸中後期、全国各地に公害を頻発させた元凶は、この書と見てよい。

石川淳は一九二〇（大正九）年、東京外国語学校フランス語部を卒業後、一九二二年、京華中学出身者たちと「現代文学」を創刊した。それは当初、商業資本に反撥《はんぱつ》するリトル・マガジン的な姿勢を鮮明にし、ややのち雨後の筍《たけのこ》のように創られる、みずからを文壇予備軍に位置づける同人雑誌とは性格を異にしていた。とはいえ、彼のその時期の作品群は、アナトール・フランスの短編に学んだ姿勢やカトリック信仰への批判が目立つ程度で、習作の域を出ない。

第一次大戦期のフランスでは、魂と地上の救済の希求が渦巻き、ベルクソンをはじめ、知識人にカトリック信仰への揺り戻しが見られる。だが、石川淳のカトリックへの関心には、一九二一年、大使として来日したポール・クローデルと接したことが大きく響いたようだ。クローデルの通訳として随伴していた外国語学校の先輩、山内義雄との親交もはじまった。

それ以前、二十世紀への転換期、日本の文学青年たちを見舞ったのは、ウィリアム・モリスが唱えた、貧乏人も生活のなかに美術を摂り入れるべきだという主張や、モーリス・メーテルランクの神秘的象徴主義とないまぜになった芸術至上主義の波だった。そののちも多くの文学青年たちをとらえつづけた。そうでなければ、日本共産党が非合法組織だったゆえに文化戦線に力を入れていたにせよ、一九三〇年代前期に共産党が総崩れしたのち、左翼からの転向小説が文芸ジャーナリズムにあふれるようなことが起こるはずはない。国際的に稀な事態である。

ところが、石川淳は芸術（＝文学）至上主義に染まらなかった。文学的立場編『文学・昭和十年代を聞く』（勁草書房、一九七六年）で、インタビューに応えて「文学ということを、今でもほとんどそうだけれど、そんなにありがたいものだと思っていなかった」と述べている。「現代文学」の時期とそれ以降、石川淳は、一方では社会主義、他方ではカトリック信仰、もうひとつは原始的欲望解放に向かう思想のトリアーデ（三つの要素の組み合わせ）を抱えていたと想われる。その三要素は絶えず矛盾・葛藤を引き起こしながら、社会変革・信仰・エロスの解放のようにも変奏され、ほぼ彼の生涯を通じて小説のテーマ（題材）になった。それが、広い知見に支えられ、その世界が晩年まで豊かに展開しつづけた秘密といってもよいのではないか。

先の『文学・昭和十年代を聞く』のインタビューでは、一九二三（大正十二）年頃、大杉栄《さかえ》のファンだったと語っており、そのため、大方の批評家から石川淳はアナキスト系とみなされてきた。一九一〇（明治四十三）年の大逆事件ののち、社会主義が徹底的に抑えこまれるなかで、大杉栄は、ソ連のプロレタリア独裁制に反対を唱え、工場での闘争に主眼をおくアナルコ・サンディカリズムに活路を開いて、戦闘的労働者たちに人気があった。淳がそのファンになったのは、一九二三年五月、大杉がパリのメーデーで演説し、逮捕・投獄ののち送還され、注目を集めたことも手伝っていよう。が、その年九月、大杉は関東大震災後の混乱に乗じて、官憲に虐殺された（憲兵隊の甘粕正彦《あまかす》大尉が自供したが、今日では偽証説が強い）。その頃、石川淳が心情的にアナキスト系に傾斜していたのはまちがいないだろう。のち、一九二〇年の東京でアナキスト連中が蠢《うごめ》く長編小説「白頭吟」（一九五七年）もある。

だが、石川淳は、先のインタビューに答えて、当時の立場は、アナでもボルでもなかったと述べている。大杉栄没後に東京ではじまったアナ・ボル間の闘争、ボルシェビキによるアナキストの追い散らしを直接、見聞していないらしい。彼は、櫛田《くしだ》民蔵が外国語学校で講師をしていた時期、そのマルクス主義経済学の基礎にふれてはいた。が、福岡高等学校に赴任して、はじめて実際に社会科学研究会の生徒や炭坑労働者の運動に接したようだ。

実は、彼が福岡に転じたのは駆け落ち同然だった。そのようにわたしは、年配の方々から聞いてきた。その手の噂《うわさ》は輻輳《ふくそう》して伝わるのが常、これまではっきり書かずにきたが、もう誰の迷惑にもなるまい。福岡高等学校では「思想善導」に力を入れる当局から辞職勧告を受け、就職を世話してもらった主任教授の手前、辞職を承諾し、一年半ほどで福岡を去り、鎌倉の妙本寺門前に家族と暮らした。失意から自棄的になり、パートナーに愛想をつかされ、家族を解消した。この時の経験が彼の前期作品の底に沈んでいると感じられることがしばしばある。いや、先にふれた戦後の「雅歌」で語られる女性遍歴にも、その影は落ちている。だが、ここに事情を明かしたのは、それに読者の関心を誘うためではない。その逆だ。彼の出発期の短編小説「佳人」(一九三五年)のなかのことばを借りるなら、ギリシャ神話の牧羊神のいたずら者をねじ伏せ、ペンの動きを軽くするという彼の努力の跡をこそたどってみたいからだ。のちに試みる。

石川淳はそののち、東京でアナキスト残党と交わりながら、風来坊のような暮らしに入った。だが、ジッドの小説やモリエールの戯曲の翻訳もこなし、同時代のスペイン人民戦線やフランス文芸界の動きにもまなざしを注ぎ、ジッドのソ連への接近と離反の経緯を、それほど間をおかずに鋭く論じもした。やがて一九六〇(昭和三十五)年、反安保闘争の波が引いたのちのエッセイ「読まれそこなひの本」や「武林無想庵」(ともに一九六二年)などでは、広く社会主義思想を支持する立場を示している。六〇年代後期、中国文化大革命の文化破壊には、川端康成らと反対声明を出した。だが、日本の学生叛乱《はんらん》には肩入れした。『天馬賦』(一九六九年)を覗いてみればよい。クレムリンなど党官僚主導の国家社会主義には深紅の旗は立っていないと断じる立場は一貫していた。

わたしの石川淳没後の一連の仕事が終わってしばらくのち、石川淳の戦前期作品、また広く日本のモダニズム小説の翻訳に活躍していたウィリアム・タイラーが長編小説『荒魂《あらたま》』（一九六四年）の英訳をしあげるために来日した。それを機に、二〇〇八年、国際日本文化研究センターに池内紀《おさむ》氏を招き、多くの石川淳研究者の参加を得て、シンポジウム「石川淳と戦後日本」を開くことができた。ところが翌年、タイラーはオハイオに帰って間もなく癌《がん》で急逝した。あまりのことに茫然《ぼうぜん》自失に陥った。が、悲しみを乗り越え、ようやくシンポジウムの報告書を編み、タイラーの『荒魂』訳をそこに収めた（『石川淳と戦後日本』ミネルヴァ書房、二〇一〇年）。

わたしはその論集に寄せた「『荒魂』―運動する象徴主義」で、作品と一九六〇年代風俗とを関連づけ、石川淳の「精神の運動」によるシンボル操作を論じた。「荒魂」のタイトルは『日本書紀』や『出雲国《いずものくに》風土記』に「和魂《にぎたま》」とセットで登場する神話に由来する。生まれて間もなく地中に埋められても泣き声を発しつづけ、何度も殺されたが、そのたびに息を吹き返し、自力で這《は》い出して成長した生命力の権化のような主人公・佐太が、超人的な活躍をする物語である。所詮、この世は権力欲と色欲と見切った態度で、高度経済成長期の日本の戯画を展開する。財閥の生活は風俗小説さながらに描かれ、その屋敷を屋根の上から見下ろすスイス生まれの風見鶏が日本文明を国際比較するかと思えば、佐太が、まるでヴィルヘルム・ライヒのいうオルゴン（神秘的な性エネルギー）を発散し、女どもを魅了する和魂ぶりを発揮する場面など、破廉恥な集団野外劇の現出と見まがうばかり。[*8] 終盤財閥の企むクーデターに対し、佐太が荒魂＝和魂として、フラワー・チルドレン運動を先取りするかのような叛乱軍を率いて決起する場面は、スペクタクルな活劇調。実に多彩なスタイルが躍動する「総合小説」である。

日本神話のモチーフを現代に活かしたのは、七〇年代に流行した「伝奇ロマン」の先駆けともいえそうだ。石川淳の影と響きは、どこまで広がりを持つか、端が見えないほどである。

かつてわたしは、野坂昭如《あきゆき》の傑作『骨餓身峠《ほねがみとうげ》死人葛《ほとけかずら》』（一九六九年）を読みながら、石川淳の饒舌体を想っていた。ある時、偶然、野坂さんに出会って尋ねると「そうだ」と率直な答えが返ってきた。野坂さんの「マッチ売りの少女」（一九六七年）も、戦後の一時期、石川淳が書いた世界の名作童話の後日談シリーズをヒントにしたのでは、と訊《き》いてみた。「うーん、どうかな……とにかく昔からファンだった」。それからさして間をおかず、NHKの教育テレビで「野坂昭如、石川淳を語る」式の番組が放送された（「作家が読むこの一冊」一九八七年十二月二十一日）。

最近、「平成文学」では「純文学」と「大衆文学」の区別がなくなったと一部でいわれているらしい。一九六一（昭和三十六）年に起こった純文学変質論争で「純」対「大衆」の二分法が浸透し、みんなの頭に沁《し》み込んでしまっているようだが、そもそも小説の世界がふたつに分けられるはずはない。一般民衆向けの著作が通俗の本義、小説は、どこでも元来が通俗である。その思想や方法、文体によって質が決まる。一九二〇年代、大衆文化の形成期に、日本の文芸サークルは既成文壇と大衆文壇に分かれたが、その中間をゆく小説は絶えることなく、戦後、文芸雑誌が「純文学」「中間小説」「大衆小説」の三種に長く分かれていた間も、その区別は揺れていた。石川淳の「おとしばなし」や名作童話の後日談シリーズの多くは「中間小説」雑誌に掲載されていた。

ところが、というべきか、石川淳晩年の大ヒット作『狂風記』（一九八〇年刊行）が連載された「すばる」は、「純」と「中間」に跨るような文芸雑誌だった。一九七八（昭和五十三）年に「情事」で第二回「すばる文学賞」を受賞してデビューし、大活躍した森瑤子《ようこ》の作風がそれをよく示していよう。そして『狂風記』の言葉づかいが格段に平易になったことも、「すばる」の性格とあながち無縁とは言えまい。夢の島のゴミの山のなかから這い出した主人公とそのパートナーが活躍する『狂風記』は『荒魂』のヴァリエイションといった気味があり、やはり、「総合小説」である。

「総合小説」は"roman total"の訳語で、種々の表現スタイルの総合の意味である。いわゆる第一次戦後派を代表する作家のひとり、野間宏は、生理・心理・社会性の統一体として人間像を追求するという意味で、ジャン・ポール・サルトルの用語を参照して「全体小説」と呼んでいた。だが、わたしは釈　迢空《しゃくちょうくう》(折口信夫)『死者の書』(一九三九年)を稀に見る「総合小説」と論じた際、ベルナール゠アンリ・レヴィという人の『サルトルの世紀』(二〇〇〇年)を参照して、サルトルがジョイスの『ユリシーズ』(一九二二年)についてさまざまなジャンルの総合という意味で用いていたことを遅蒔《おそま》きながら知った。その意味の総合小説は娯楽性と芸術性、思想性を兼ね備え、豊富な読み味を提供する。

サルトルが第二次世界大戦後、間もなく、「実存は本質に先立つ」と言い、キリスト教圏における実存主義の定義をプラトンなどの観念論一般に対するものに転じたことや「文学とは何か」(『シチュアシオンⅡ』一九四八年)で、読書を演奏にたとえ、読書によってこそ、作品が作品たり得ると述べたことなども、再考してきた。後者は、例のロラン・バルトの「作家は死んだ」(「作者の死」一九六八年)にも関連する。バルトはそれを別の論文では「制度としての作家は死んだ」と言い直し、「作品のなかの作家ほど興味深い存在はない」と述べてもいた。おそらくそれには、サルトルがノーベル文学賞を拒否した時、「作家は生きた制度になることを拒否しなければならない」と語ったことが響いていよう。サルトルは一九四七年にはステファヌ・マラルメ論に着手していたから、彼が読書を演奏にたとえたことには、マラルメの詩学が関連していると見てよい。

わが石川淳は、といえば、それより早くエッセイ「マラルメ」（一九四一年）のなかで「たとへていへば詩は楽譜で、読者の頭脳は演奏者だといへるかも知れぬ」と述べていた。この暗合は、興味を引こう。だが、マラルメが詩を音楽に近づけようとしていたことは、広く知られていた。その詩の音節（シラブル）の配列を読んで、読者に演奏させるような詩だとふたりとも想ったのだ。ポエムも漢詩も和歌も、いや俳諧連歌だって、声に出して詠《うた》うもの。黙読しても頭のなかでは音を響かせるから、誰が考えついても不思議はなかったのである。[*9]

精神の運動

サルトルは「読書は演奏」論を散文にも拡張した。それは作家を創造主、神の位置から引き下ろそうとする戦略的意図によるもので、青空に虚無を見るマラルメの反キリスト教的な詩想とも響き合う。それによるなら、個々人の読書の都度、同じインクの染みから新たな「作品」が生まれることになる。それは誰でも経験することだろう。読みの多様性は保障されてよい。

だが、作品の一部しか読まずに全体を論じるような見解は、排斥すべきだ。

石川淳はどうか。『文学大概』中「虚構について」には「その作品に於て集中されてゐるエネルギイが、それにふれるひとびとに〔略〕直接に感応する」とある。「総じて享受者を感動させるエネルギイのはたらきは、作品に於ける虚構の中よりほかに出て来ない」ともいう。話しことばはエネルギイの散乱であり、書くこと、虚構を作ることによってだけ、精神のエネルギーが高次に発揮されると考えている。饒舌体を駆使する石川淳も、真底、エクリチュール派なのだ。

同じく『文学大概』中「文章の形式と内容」にいう。「精神が自分で文章の中に乗りこんで来て、直接にことばと合体し、ともに生動しともに破裂するであらう。ことばの運動をおこさせ生命を光らせるために、ことばの流《ながれ》に於て精神の努力が顕現されるであらう」と。これが石川淳の言う「ペンとともに考える」ことである。別に難しいことではない。ペンの先から染み出たインクで記されたことばを見て、精神が次のことばを展開する動きに任せること。人を感動させようとか、リズムよくとか、余分な意図を持ち込まず、言わば、ことばがことばを生んでゆくようにするなら、自然に虚構が作られてゆくという考えである。その理由は、ミシェル・ド・モンテーニュ『エセー』（初版一五八〇年、補填版一五八八年）〔三―二〕から「最も美しい魂は、柔軟で、変化に富んでいる」を引いて説明される。すると、それはエッセイでも同じことで、「虚構について」では、絵画の例からはじめて、要するに、著者の予測のつかないところに運ばれてゆくことをもって虚構と呼んでいる。

この言は、しばしば「精神の自己運動」とみなされ、シュルレアリスムの自動筆記などにもなぞらえられた。だが、アンドレ・ブルトンらは各自の意識下（無意識）には普遍性があるという仮説に立ち、それをつなげる非日常的なコミュニケイションの実験を「通底器」にたとえたのである。文章を媒介にしてエネルギーが伝播《でんぱ》するという石川淳の考えとは位相がちがう。石川淳の「ペンとともに考える」は、アランの『芸術の体系』（一九二〇年、再編一九二六年）中「散文のプロポ」に依《よ》っている。アランは、感情の迸《ほとばし》りを詠嘆し、聴衆に感動を与える雄弁を避け、事物を正確に提示するオノレ・ド・バルザックやスタンダールの小説の書き方を指して「ペンの先から考える」という。[*10] それには、もうひとつ含意があり、頭でものごとを体系立てて考えることを嫌い、短い散文を重ねる方式を好んで「プロポ」（提示）と呼んだ。モンテーニュに倣《なら》ったのかも知れない。

日本でも一九七〇（昭和四十五）年前後に、ことばがことばを紡ぎ出すような書き方が本当の小説の書き方だといわれた。作中人物がひとりでに動き出し、当初、計画しておいたように筋が運ばなくなるような経験は、どんな凡庸な作家にもある。言わば筆任せにしたほうが文章の流れが自然で、流露感があるともいわれる。石川淳は、それを早くに先取りしていたと評されもした。だが、これらは、ストーリーの展開や文章の流れを読者に不自然に感じさせないようにする著者の配慮からいわれること。作家、倉橋由美子はモーリス・ブランショ『文学空間』（一九五五年）にいう「精神の彷徨《ほうこう》」にヒントを得て、ことばがことばを紡ぐような書き方が本来と主張した。ところが、ブランショのいう「精神の彷徨」は低徊《ていかい》も含んでいる。フランツ・カフカの場合は、草稿を何度も書き直して文体を練るうちに、文章が混乱をきたしている。プルーストの場合はストーリーが幾通りにも枝分かれした。今日、ともに明らかにされている。だが、そのような努力の跡が読者に感動を与えるなら、それは「美しい失敗」とでもいうべきだろう。石川淳の説く芸術の価値は世間一般にいう成功や失敗を超えたところにおかれている。その意味を、もう少し踏み込んで考えてみよう。

たとえば「佳人」

わたしは……ある老女のことから書きはじめるつもりでゐたのだが、いざとなると老女の姿が前面に浮んで来る代りに、わたしはわたしはと、ペンの尖が堰の口ででもあるかのやうにわたしといふ溜り水が際限もなくあふれ出さうな気がするのは一応わたしが自分のことではちきれさうになつてゐるからだと思はれもするけれど、じつは第一行から意志の押しがきかないほどおよそ意志などのない混乱におちいつてゐる証拠かも知れないし、あるひは単に事物を正確にあらはさうとする努力をよくしえないほど懶惰なのだといふことかも知れない。

「佳人」の冒頭である。この語り手「わたし」は、「わたしは」と書いたインクの染みを眺め、そして自己反省をはじめている。物語の途中で、作者が顔を出してコメントすることはよくあるが（草子地）、小説を書きながらその書き手としての自分の行為に言及することは、ふつうはない。

石川淳の語り口調は高座芸に似ているともいわれる。落語家が話の途中で、その話し方に言及し、こんな寄り道ばかりしていては話がちっとも進まない、先を急ぎましょう、などと差しはさむのに似ているからだ。書いている自分の「精神の運動」の軌跡をそのまま残す書き方である。

この操作は、「佳人」のあちこちでおこなわれ、これを抜きに「佳人」は進展しない。それゆえ、書かれたことばから次の展開が生まれ、まるで小説がひとりでに生成してゆくかのような様態になる。むろんそれは擬態である。というのは、実際の作家は書いている途中で、お茶を飲んだり、かかってきた電話に出たりする。（小島信夫が晩年の小説でやってみせたように）窓の外を眺めれば、誰か坂道をやってくるのが見えたりもする。つまり書くことの実際には中断が起こっており、「精神の運動」のあるがまま、というのは、理論上の虚構に属する。

先の引用の最後の方、「事物を正確にあらはさうとする努力」は、アランの『散文論』を承《う》けているが、「佳人」の語り手は、自分がそれをよくなし得ない精神状態にあるといっている。これこそ、石川淳が宇野浩二や牧野信一に倣い、饒舌体を採用した理由である。その意味でそれは、文体上のいわゆる正統派ではなく、規範を外れた一種のデカダンスを選んでいることになる。戦後のエッセイにも顕著に見られる。

「佳人」の語り手「わたし」は、仕事にもつかず、ぶらぶらと暮らしているが、ふとした偶然から世界の「臍《へそ》」（原理）をつかんだつもりになって、言わば「ユーレカ！」（アルキメデスがなにかを発見した時に発したといわれるギリシャ語由来の感嘆詞）と叫ぶような、まことにそそっかしいインテリ青年である。そのパートナーのユラは外国映画ファンのモダンガールで、そんな「わたし」を精神異常と悪態をついてはばからない。このペアは、中国古典の「才子佳人」の戯画にほかならない。ふたりは東京の東北にある田舎の寺の離れを借りているが、冒頭に出てきた「ある老女」とは、ユラとその姉のミサの母親で三味線など稽古ごとの師匠をして近くに住んでいる。ミサはもと芸妓。雑貨商をパトロンにして芸者置屋を営んでいるという設定である。

そして、このセルフ・コントロールの利かない「才子」は、虚無感に取りつかれており、街で友人たちと吞《の》んだ帰り、鉄橋で鉄道線路の横木にまたがる。だが汽車は定刻どおりにやって来ず、ずるずると川へ滑り落ちて溺れそこない、必死になって「野獣」のごとく川岸に這い登る。この成り行きは、本人には悲惨でも、突き放して見れば、愚の骨頂。一人称視点の語りに徹して、自身の滑稽な行動と内面を書くのは、岩野泡鳴が「一元描写」と呼んだ手法で、短編では「ぼんち」(一九一三年)などに顕著である。しかも、そこで一句、みずから禁じていた詠嘆が口をついて出る。「歩く一夜芙蓉《ふよう》の花に白みけり」

なぜかはわからないが、一夜歩き通し、夜明けが訪れた感興を白い芙蓉の花に託して詠んだ句と見てよいだろう。だが、小説の場面は、まだ夜更け、死から生への帰還の感慨が漏れたとされる。そして、芙蓉の艶《なま》めかしさに誘われてか、「わたし」はミサの家をたずね、そこで、ユラがミサのパトロンにしなだれかかっている姿を垣間見《かいまみ》てしまう。

語り手（＝書き手）は、その様子を「何の文飾もほどこさずに」書くとはいうが、狼狽《ろうばい》し、自意識は空転するばかり。寺の離れの家に帰り、空《むな》しさの極みに陥り、そのまま眠ってしまう。その晩、ミサは高熱を出した母親の看病のため、近くの家で一夜を過ごし、朝になって「わたし」の家に寄り、「わたし」の食欲を満たし、入浴の仕度をしてくれ、そして色欲まで受け入れてくれる、という成り行きが述べられる。そこで語られたのは、言わば「わたし」にとって「佳人」が入れ替わった顚末《てんまつ》だが、そのあと、ミサとの関係がつづくとは限らず、お話は尻切れトンボに終わっている。

「佳人」は叙述か？

そして最後の段で、これは「筋書」だけの「叙述」だという。小説ではない、という含意である。そこで「佳人」は叙述だといわれる。[*11] 本当にそうか。ユラとミサの姉妹、ミサのパトロンと「わたし」との四角関係や「老女」を配した小説の結構がしつらえられ、「わたし」が虚無に取りつかれていることをいうのに、「スティグマティゼエション（聖痕示現）」としてアッシジの聖フランチェスコが呼び出されたり、その虚無は『老子道徳経』（第一一）にいう「無用の用」の無などという気が利いたものではなく、ただの空っぽのガランドウだと自解がなされたりする。「わたし」が飼い犬のボストン・テリアの仔犬に「ユリス」（ユリシーズの短縮形、オデュセイアのこと）のイヌの名を借りてアルギュスと名付け、それを説明して、ユラに貞淑であってほしいという秘めたる願望をほのめかす。これはのち、「わたし」がユラに裏切られ、空しさの極《きわみ》に陥る伏線である。ユラは「わたし」がミサのからだに惹《ひ》かれていることに気づいているし、「わたし」はユラを、ミサのパトロンにけしかけるようなことを口にしたりもする。「わたし」が死にそこなったあと、川から這い出て草いきれにむせ、蚊、虻《あぶ》、蚋《ぶよ》に顔を襲われる条は、「野獣」のようにと形容され、生の原始への回帰が含意されている。ここには、あるいはレフ・トルストイが若き日の経験をもとにして書いた私小説「コサックス」（一八六三年）のクライマックス、正午の森の草いきれのなか、蚊や虻に刺されながら生の歓喜にむせんで、「神は生命なり」と悟る場面の影が射《さ》しているかも知れない。こうして寓意をちりばめながらストーリーが展開してゆき、その向かう先は、エピキュロス学派のいう本能的欲望充足の歓喜によるアタラクシア（生の不安の解消、平安の獲得）にほかならない。つまりは伏線と、饒舌なレトリックがないまぜになりながらストーリーが展開している。

「ユラ」の名は「ユリス」に対応しようが、カトリックの儀礼を連想させる「ミサ」がストーリーの最後に「わたし」の食欲や性欲を満たす役割を果たすのは、なぜか。途中、聖痕拝受伝説の主として名前の出てくるアッシジのフランチェスコは、すべての動物と心を通わせもした。ミサが「わたし」の獣性を受け止める段になって、微風が目に沁みたくらいの表情を見せるのは、それゆえか。いや、それは『詩経』大雅・烝民にいう「穆如清風《ボクとしてセイフウのごとし》」を下敷きに、ユラとは対照的なミサの寛容・柔和さに「わたし」が心の慰めまで得ることを暗示していよう、などなど、こちらの連想も飛びまわる。「わたし」がとりとめもなく知識をひけらかすのにつられるゆえだが、この仕掛けを作家本人の気取りと見た批評家もいた。*12 が、ただ気取っているだけでは、己《おのれ》を茶化せない。

ここまでの展開を出来事だけを記した「叙述」と呼ぶのも、その前に出てきた「何の文飾もほどこさずに」という語が誘い出したことばで、次の条を導きだすためのレトリックなのだ。「へたな自然主義の小説まがひに人生の醜悪の上に薄い紙を敷いて、それを絵筆でなぞつて、あとは涼しい顔の昼寝でもしてゐようといふだけならば、わたしはいつそペンなど叩き折って市井の無頼に伍《ご》してどぶろくでも飲むはうがましであらう。わたしの努力はこの醜悪を奇異にまで高めることだ」という。この語り手は、やがては「醜悪を奇異にまで高める」小説を書いてみせる、これは、「何を書くにしてもまづこれを書いておかなければならなかつた」と弁解し、その高みをめざす自分の自惚れを茶化して終わる。「佳人」は、最後までセルフ・パロディーに徹し、「この小説」を書きながら、それを茶化して終わる「この小説を書く小説」だった。

注意深い読者は、「へたな自然主義の小説まがひ」ということばに、実験医学を手本とすると宣言したエミール・ゾラのエッセイ「実験小説」（一八七九年）とも、それをブルジョア社会の虚偽を暴く作風にまで広げたゲーオア・ブランデスのいう「自然主義」とも似ても似つかない日本流のそれ、旧派の技巧に対して「事実あるがまま」を対置する田山花袋《かたい》「露骨なる描写」（一九〇四年）に発し、レトリックを用いず、出来事の「叙述」に終始する「私小説」の流れを揶揄していることに気づくだろう。では「醜悪を奇異にまで高める」[*13]とは、いかなることか。語り手は最後に至って、みずからとらわれてきた熱病の正体を牧羊神（半獣神）のしわざと明かす。性愛にまつわる悶着《もんちやく》を奇異にまで高めるということばから、もっとも考えやすいのは、マラルメの劇詩「半獣神の午後」（一八七六年）だろう。ギリシャ神話のパンがふたりのニンフと戯れる夢幻をことばの調べによって芸術に昇華したと評価されてきた。それは詩であり、淫らで汚らわしい夢想も音節やリズムで美しく奏でることができる。では、散文には、いかなる秘策があるのか。のちに短編「山桜」のしくみを解いてみたい。

セルフ・パロディーの流れに

この「佳人」を戦後批評家、佐々木基一は、作家の精神が己の実生活や心理から自由に解き放たれ、それを批判的に述べていることを見抜いて、「私小説にたいする一種のパロディ」と評した。的外れではない。が、それを言うなら、私小説的転向小説のパロディーというべきではなかったか。冒頭、語り手は自分の心理状態は混乱なのか、怠惰なのかわからないと反省してみせた。この頃、わたしは、わたしは、としきりに書いている連中は、混乱に陥っているか、怠慢なだけだと批判しているに等しい。この自己戯画化は同時に同時代を諷刺《ふうし》してもいた。一九三五年頃、左翼運動からの転向の季節、自我の壊乱に陥った自分の心理を書く「私小説」が流行していた。たとえば中野重治は、小説を書こうとしても収拾のつかない心理状態を短編小説「小説の書けぬ小説家」（一九三六年）に書いた。「佳人」をヒントにしたかどうかは知らない。

「私小説にたいする一種のパロディ」というなら、それ以前、坂口安吾の「風博士」（一九三一年）などナンセンス小説や石川淳「佳人」を絶賛した牧野信一によって、志賀直哉「和解」（一九一七年）を皮肉る「父を売る子」（一九二四年）が書かれていた。父親とのいさかいなど決して書くまいと心に決めていた作家が、父親と和解が成り立ったのち、それまでのいきさつを書き出す「和解」に対し、父親とのいさかいを書いて売文する己のケチな根性を暴露する「父を売る子」は、ちょうど論理的な対偶の関係にある。「和解」では、父親との和解に至る直接のきっかけは、亡くなった実母の肖像画を見て、父親が実母への配慮を忘れていなかったことに気づき、父親との血のつながりの実感が回復したことにある。作家は和解の記念に父親の肖像画を父親に贈る。それに対して牧野の父親小説では、長押《なげし》の上から絶えず主人公を見降ろしている父親の肖像画から、なんとか解放されたいという願いを強くするばかりである。

血＝家族の問題は、一九〇〇年代に発する重化学工業化、産業構造のドラスティックな組み換えにともなう都市化の進行による核家族化の進行、また一九二〇年頃の自由恋愛の流行と絡んで日本の小説の主要なテーマのひとつになっていた。三〇年代には革命運動とその挫折がさらにそれに重なった。ところが、作家・後藤明生が『小説―いかに読み、いかに書くか』（講談社現代新書、一九八三年）で田山花袋「蒲団《ふとん》」（一九〇七年）の自己戯画化の手法をみごとに指摘したことをきっかけにして、私小説はセルフ・パロディーの手法を孕《はら》んで展開していたことが明らかになった。花袋の「少女病」（一九〇七年）、武者小路実篤《むしゃこうじさねあつ》「お目出たき人」（一九一一年）、宇野浩二「甘き世の話」（一九二〇年）、谷崎潤一郎「痴人の愛」（一九二五年）などは、そのタイトルにも恋に現《うつつ》を抜かす己を滑稽化していることが示されている。その流れのなかで牧野信一は、血縁意識をめぐる「私小説」を偽悪的なポーズによって批判する「私小説」を書いたのだった。

そののち牧野は、小田原近くの山村でストア派の末裔《まつえい》たらんと繰り広げる滑稽な難行苦行を隠喩、寓意、象徴をちりばめて展開する小説「ゼーロン」（一九三一年）などで「ギリシャ牧野」と呼ばれ、若手の作家や批評家の尊敬を集めていた。困難な時代に向かう悪気流に対し、自由を求める精神の悪戦苦闘をよく示していたからである。だが、牧野は自殺し、果てた。

石川淳は、牧野信一の追悼文（一九三六年）に、彼の死は「まさしくわたしの血管の中での事件に相違ない」と記した。ただし彼は、牧野が親しんだストイックなストア派ではなく、同じギリシャ思想の内で対蹠《たいしょ》的な、生の欲望解放を求めるエピキュロス派に向かった。アナトール・フランスに『エピクロスの園』（一八九五年）と題する評論もある。

このようにして石川淳は、自意識の壊乱をドラマ化し、かつ、それを書くこと自体を戯画化する方法を開拓して作家としての出発を遂げた。「佳人」は、ヨーロッパのイッヒ・ロマンを受容して出発しながら、作家自身の生活や心理を再構成するところに向かった日本の「私小説」と、語り手の人物像を造形せずに随筆的に観想を吐露する「心境小説」の様式を、ともに超える一種のメタ・フィクション、「この小説を書く小説」の形を取っていた。先行して堀辰雄『美しい村』第二章「美しい村─或《あるい》は小遁走曲」（一九三三年）が「私」が今、書こうとしている「物語」（と呼んでいる）の構想をふくらませ、当初とはちがう形になってゆく経緯を記していた。「佳人」と同じ月、太宰治は「道化の華」で、小説の草稿に反省を重ねて小説を書いてゆく小説を書き、また自身の草稿や他者からの来簡を編集するなど多彩なメタ・フィクションを展開した。私娼窟《ししょうくつ》・玉の井を舞台にとる永井荷風『濹東綺譚《ぼくとうきたん》』（一九三七年）では、荷風を想わせる語り手が書いている「失踪」という小説が途中で失踪してしまう。小説を書くことと作家の日常生活との関係を小説のなかで再考するジッド『贋金《にせがね》つくり』（一九二五年）の、それはパロディーだった。

これらが一人称小説の、より自由な展開を促したことはまちがいない。少なくとも作家自身の経験的事実のままに語るかのように見せかけながら、想像を挿入したり、その時その場の感想に限らない内面の吐露がおこなわれたり、己の境遇について虚構を設定することすら厭《いと》わなくなってゆく。悲喜劇的なセルフ・パロディーも増えていった。それがあってこそ、第二次世界大戦後に、多彩な一人称視点による小説があふれるようになったのである。

その頃、批評にも「私小説」論議が再燃した。一九三五年四月、横光利一は「純粋小説論」で、『贋金つくり』などをヒントに「純文学にして通俗小説」を提起した。横光の言う「純文学」は、一人称の「私小説」のこと、「通俗小説」は、ドストエフスキーの小説に偶然が頻出することをジッドが指摘したのを参照し、読者の興味を惹きながら当代風俗を書くことをいい、かつ語り手の一人称とは別に、作家自身の世界観などを直接、開陳する「四人称」も入れたいと提案した。それに対して、小林秀雄が「私小説論」（「経済往来」五〜八月）で、「私小説」は技法の問題より、精神風土の問題だと応じ、日本で「私小説」が盛んになった理由として、実証主義が浸透しなかったこと、また「心境小説」の境地が俳句と通うと論じられてきたことを承けて「要らない古い肥料が多すぎた」と断じた。こうして永井荷風が随筆「矢はずぐさ」（一九一六年）の冒頭近く、ゲーテ『若きウェルテルの悩み』（一七七四年）に発する西欧の「ロマン・ペルソネル」（イッヒ・ロマンに同じ）の流れを受容し、日本では「私小説」が尾崎紅葉らによってはじめられたと述べていたことも忘れられ、戦後の議論の混乱も準備されていった。

日本に特徴的なのは、語り手（＝主人公）の人物像を造形せずに、直接、作家の観想や心境を述べる「心境小説」が盛んになったことだった。イギリスなら確実にエッセイに分類される形式であり、日本でも同形の経験談的随筆と入り混じって展開した。そして、同じ一九三五年には、舟橋聖一が「私小説とテーマ小説に就いて」（「新潮」十月号）で、古代の「日記文学」から連綿とつづく「私小説」伝統を語りはじめた。これはまったく逆である。池田亀鑑《きかん》は『宮廷女流日記文学』（一九二七年）に先立ち、論文「自照文学の歴史的展開」（一九二六年）で、直《じか》に自己の内面を語る「自照文学の全盛時代」が「新しい眼で、国文学を解釈しようとする機運を導いた」と述べている。つまり「心境小説」の隆盛が古典に「日記文学」という新ジャンルの発明を招いたのである。その「日記文学」なるものは、実際には南北朝で途絶えてしまう。

日本で「心境小説」が盛んになったことには、岩野泡鳴が早くに一人称視点を開拓し、その有効性を唱えたことも手伝っている。岩野泡鳴の長編五部作は、一人称視点で彼自身の野放図な生活や惑乱に満ちた心理が展開するが、彼がその方法をのち、「一元描写」と呼んでセルフ・パロディーの手法を盛んにしたことは先にふれた。石川淳は評論「岩野泡鳴」で、作家の精神に、彼自身の生活や心理を突き離して述べる自由が確立していることを適確に論じていた。[*14]それ以前、河上徹太郎は「岩野泡鳴」（一九三四年）で、泡鳴が一人称視点の隆盛を予言し、その実践を工夫したことを高く評価し、「明治文学史を通じて偉大な小説は沢山あった。然し偉大な小説家は岩野泡鳴唯一人」と評していた。実際、世界の二十世紀小説はジョイス、プルースト、フォークナーやヴァージニア・ウルフらによって、作家が全知全能の神の立場を捨てた一人称視点による意識のリアリズムのスタイルが開拓されてきた。

「山桜」、もしくは見立てと象徴

石川淳の作品史は「この小説を書く小説」の形を短編「山桜」（一九三六年）で離れる。「ここは武蔵野のただ中、とある櫟林《くぬぎばやし》のほとりで、わたしは若草の上に寝ころび晴れわたつた空の光にうつらうつらとしてゐる」ところにはじまるが、その最初に登場する鉛筆描きの地図さながら、あるいは途中にあらわれる、十九世紀フランスのロマン派詩人、ジェラール・ド・ネルヴァールのマントが精神錯乱の妄想のメタファーとしてはたらき、とりとめのない想像がペンの先から一筆書きのように走り出す。

その前日、「あやしい熱に浮かされ」て、夜の街にさまよい出し、青山に親戚の元判事をたずねて借金を申し出、国分寺の駅から実業家・吉波善作の家への略図を手にするまでのいきさつは「わたし」の経験そのままだったとしても、その櫟林のほとりに登場した善作の息子・善太郎少年の赤い自転車を追いながら、「わたし」は破れた靴底が気になって、その後を追っているのかどうかさえ覚束《おぼつか》なくなってしまうのであれば、それはもう夢のなかなのかも知れず、少年に案内されたスペイン風の邸宅の庭で、善作にベランダから睨《にら》みつけられていると感じ、善作の妻の京子が打たれる音が聞こえたのも幻覚や幻聴、そのベランダの籐椅子《とういす》に掛けている京子も、善作が登場して「わたし」を追い払うために紙幣を渡したことなどのすべてが、うたたねに入りながら見た一本の山桜から、前夜たずねた青山の元判事の家の庭の一本の山桜の下で、かつて善作に嫁ぐ前の京子の写真を撮った記憶が呼び返された連鎖反応なのかも知れない。最後のほうで、京子が昨年、死んだことを語り手は明かすが、善作が池面を乗馬の鞭《むち》で激しく打ち、騒ぎ立つ池波は、京子の着物の青海波の柄から呼び起こされたものと知れる。つまりは、すべてが「わたし」が京子との間に犯した「過ち」に鞭打たれる夢に誘《いざな》われただけなのかも知れず、善太郎少年があらわれたところから、いや、それ以前から、少年の面差しに自分の顔を見ることなど予感されていたかも知れない。その罪障感も、昨夜、夜の街路で巡査に呼び止められ、誰何《すいか》された時に覚えたものが、ぶり返しただけではないかとさえ想われもする。「通俗小説」にありふれた題材を扱い、情欲の咎《とが》に進退窮まるところに追いやられる心地を夢幻と現実のあわいに浮かび上がらせる「山桜」こそ「醜悪を奇異に転じる」小説といってよいだろう。

「山桜」の「わたし」は、売れない絵描きらしかったが、「人情本まがひの愚劣な情景」が同じような調子で語られてゆく次の短編「秘仏」(一九三六年)では「わたし」は貧棒書生に設定され、「代々伝わる観音像」の「由来記」を書くことを念願にしているという。が、実際に語られるのは由来記は由来記でも、秘仏を売って金に換えた由来記で、こちらは人を食った戯作仕立てである。

同じ年の大作「普賢」（一九三六年）こそが、「醜悪を奇異にまで高める」本格的な小説にあたるだろう。結末がエピキュロス派にしたがって色欲に向かうのも「佳人」と同じ。そこでは「山桜」の幾重にも重なった連想にも似て、語り手「わたし」が懸想した革命少女・ユカリがジャンヌ・ダルクにも普賢菩薩《ぼさつ》にも二重に見立てられている。アナトール・フランスに伝記『ジャンヌ・ダルク』（一九〇八年）があり、また当時の新作能の動きなど、周辺にはにぎやかな話題に事欠かないが、ウィリアム・タイラーは『普賢』英訳本（一九九〇年）に付したノートに、「普賢」中のフレーズ「あはせ書こう」を項目に立て、「見立て」の機微にふれていた。「見立て」は意味とイメージに跨って二重性を駆使する。ふたつの猪口《ちょこ》（でなくともよいが）に箸を渡して橋に見立てれば、意味と映像の二重性が同時に出現する。ところが、欧語には「ダブル・イメージ」というコンセプトがない。「見立て」の訳語にはふつう、写真の〝super-impose〟（二重焼き）が用いられる。二十世紀後半、カナダで活躍した文芸批評家、ノースロップ・フライは「ダブル・ヴィジョン」の語を用いたが、イギリス十九世紀への転換期の詩人、ウィリアム・ブレイクの秘教的ヴィジョンから着想したもので、大きな世界観の二重性をいう。それゆえタイラーは「見立て」の説明に、シャルル・ボードレールが用いた「パランプセスト」を援用していた。羊皮紙が高価なため、文字を重ねて書いた二重写本をいう語である。江戸の庶民の遊びも文化を超えて説明するにはなかなか苦労がいることがわかる。

古典漢詩文では典拠をふまえることがルール。それを和歌に移したのが本歌取り、本説取りと考えてよい。和歌を詠んだ本人がふまえた先はひとつだったとしても、それにも本歌があるなら、読む方は二重の典拠をふまえることになる。と、考えれば、石川淳の「あわせ書く」技法が意味もイメージもズレを起こしながら多重性を持つこと自体は奇異とはいえまい。

ちなみにヨーロッパの「象徴」は一般に抽象的観念を具体化して示す技法（バラは愛の象徴など）をいい、シンボルの語源はギリシャ語の割符なので、一対一の対応が原理である。アーサー・シモンズが『文芸における象徴主義運動』（一八九九年）「序文」で、それを意識的に活用するのを象徴主義文芸と定義し、その定義が国際的に広がった。東洋の伝統にも象徴表現はあるが、「象徴」に相当する概念はない。『魏書釈老志』では仏教のシンボルを示すのに「象」を用いているが、一般には「寓」（和語は、ことよせ）で、長寿の寓に「鶴は千年、亀は万年」と対句が用いられるように、観念とその具象は一対一に対応しない。相当する欧語はアレゴリーで、「象徴」（象《かたち》の徴《しるし》）の語は明治期、中江兆民が"symbol"の訳語として発明した新造語だった。それを考えると、石川淳は、東西のレトリックの差をやすやすと超えて、見立てや寓意、隠喩、象徴を自在に転換したりズラしたりしながら駆使していることに気づくだろう。

それにしても、「普賢」の最後、庵文蔵の死の床の傍らに転がった髑髏《どくろ》にぶっちがいの骨のマークを印刷した毒薬の瓶は、いったいどこからきたものか。ストーリーの上では麻薬（モルヒネ）のはずで、たとえ闇ルートでも髑髏マークは付くまい。さしずめアメリカのカートゥーンに見かけるヒ素の瓶のデザインでも借りたのではないか。石川淳の戯画が時折、漫画めくと感じるのはわたしだけではないだろう……と、書いてわたしは、石川淳の「見立て」や寓意、象徴を、ともすれば一対一的に対応させて考えてきたことに気づく。そう気づいたわたしは、かつてのわたしを超えられるか。長い間断念したままの懸案で、それを試してみたい。

そして「かよひ小町」

「かよひ小町」は、暗がりのぬかるみ道をゆく語り手が後ろから来たふたり連れの若い女たちの懐中電灯の光を浴びるところにはじまる。ふたりはやがて、芸妓の染香と牧場ではたらく「よっちゃん」と知れる。こうして登場人物が揃《そろ》い、語り手は染香のあとを追って省線電車に乗り、繁華街の駅で降りた彼女の跡をつけて料亭にあがる。入ったばかりの原稿料の封筒を投げ出して、呑みながら、染香のつとめる宴会の引けるのを待つうち、彼女があらわれ、その夜のうちに懇ろになる。語り手が気紛れなエピキュリアンなのは「佳人」と大差ないが、伏線めいたものは皆無で、言わばもっぱらレトリックがストーリーを運ぶ。

久しぶりに読み直してみると、眠っている染香の隣で語り手が思いをめぐらすなかに「牧場裏のぬかるみの道も、可憐なる生身の遊戯菩薩の人目をしのぶ通ひ路」とあるではないか。小町＝遊女を、男を救う菩薩の化身に見立てることはありふれているが、ここでは、百人一首で知られる藤原敏行朝臣が待つ女の身になって詠んだうた、「住の江の岸による波よるさへや夢の通ひ路人目よくらむ」を下敷きにして、女の側に立ち、菩薩が小町に化身して、この世に通うと転じている。この転換に気がつきさえすれば、タイトルの「かよひ小町」は、菩薩がその夜、染香となって「わたし」のもとに通ってきたことになる。男の身勝手な思いも含意していよう。

ところが、染香の乳房の横、腋の下にかけて赤い斑点をみいだしたとたん、語り手は、それをレプラの徴と見、彼女とカトリック教会で結婚式を挙げる決意をする。レプラの救済は、救世主・クリストの事業であり、娼妓との結婚は彼女を苦界から救うことを意味する。カトリック教会で結婚式を挙げることには、言うまでもなく、一夫一婦制の契りを守ることが託されている。語り手に、にわかに女人救済の決意が訪れた理由は明かされないが、そのふたつの救済が重ねられることにも語り手の一方的な思い込みがはたらいている。

語り手は、染香を小町と見立てたゆえに、乳房の赤い痣《あざ》から数多い小町伝説のうちに漂う瘡《かさ》の病を想い、しかもレプラと断定して、芸妓の乳房に赤い痣がつくほかの理由を考えてみようともしない。さらには西洋のマリアの乳房についても奇妙なこじつけが介在する。女性のシンボルの乳房は男に歓《よろこ》びを与えるはずなのに、マリアの乳房が乳飲み子・イエスに独占されているのは、「汝《なんじ》、姦淫《かんいん》するなかれ」の教えのためにカトリック教会がしかけた陰謀と、処女懐胎神話も飛ばして、決めつけている。なんという男性本位の反権威主義と、目くじら立てなくてもよい。娼妓との交渉こそ心を煩わせることのない便利な手段と割り切っていた独身男が、芸妓を二重苦から救うというヒロイズムに酔ったことが、このお話の、言わば臍なのだ。

翌朝、染香は朝食にビールまで添えてくれる。それは語り手を憎からず思っている徴。結婚の申し込みも撥《は》ねつけられることなく、ふたりしてもとの駅へ戻ると、駅頭では「よっちゃん」が赤旗を振っている。ここにもふたつの寓意が託されている。乳搾りの娘は、国際的に人類への滋養源の供給者のシンボルである。童話や民謡のなかにもよく登場する。が、もうひとつがやっかいだ。染香は、そのデモ隊のなかに「よっちゃん」の恋人がいるという。だが、語り手はそんなはずはないという。なぜなら語り手の愛《いと》しい牧場の乙女に恋人などいるはずがないのだし、そのデモ隊は「にはか共産党の復員ヤミ屋」で、「大むかしの」本物のコミュニストではないと、またまた勝手な観念操作がなされる。かつてわたし（この論考の筆者）は、ここも読み解けなかった。石川淳をアナキスト系の思想の持ち主と決めてかかり、牧場の乙女の振るのが黒旗でないのは、いかなるイロニイかと頭をひねっていたからだ。

先に（二〇四ページ）石川淳すなわちアナキスト系という固定観念を払拭しておいたのは、ここの読みにかかわる。さて、そのデモ隊とともに、語り手が惹かれる「よっちゃん」が視界から姿を消せば、語り手に調子を合わせてくるばかりの染香と会話が弾みに弾み、ふたりの道行には、どこで鳴るのか、教会の鐘の音が聞こえてくる。染香の紅《あか》い唇に唇を合わせる語り手。「山桜」が罪障感が呼び起こした夢のまた夢のように運ぶのに似て、いや、その逆に、「かよひ小町」には、ふたりの女の懐中電灯の光に照らしだされた語り手が、手前勝手な夢想を重ね、ひとりにレプラ病みの菩薩を、もうひとりに乳搾りにして深紅のコミュニストの幻影を託して、女人救済の願望が成就するまでの顚末が語られていた。敗戦後の混乱期を売文渡世する気取り屋のインテリ・ヤクザがカトリックのにわか信者になったのは、「にはか共産党の復員ヤミ屋」とちょうど、釣り合ってもいた。その語り手の思いが初めから終わりまで勝手なシンボル操作で運ばれる他愛のないセルフ・パロディーの一幕三場の夢幻劇に過ぎない。とはいえ、女人救済が成就するのであれば、作家のペンが祝婚歌に向かっているのはまちがいない。ここで、祝婚歌などセルフ・パロディーにはあるまじき旋律などと、驚いてみせては、アランが禁じた雄弁術のレトリックに、わたし自身が頼ることになろう。石川淳に倣い、己をできあいの観念から自由に解き放つほうに傾けてきた努力も水の泡になりかねない。待つこと二十年余にして、寓意が幾重にも絡み合う唐草模様が解けてみれば、石川淳の精神の運動を動かすエロスの解放と魂と地上の救済の幻想のトリアーデは、ここでひとつに結ばれていたのだった。

さて、「かよひ小町」を石川淳作品史に還《かえ》すなら、ここに鳴り響いた教会の鐘の幻聴は、「焼跡のイエス」の最後、官のふれにより、闇市が消《き》え失《う》せた地面に残る何者かの足跡を承けていようし、深紅の旗の幻像は、虐げられた人々が監獄につながれた互いの鼓動をひとつに重ね合わせる中編「鷹」（一九五三年）に向かうだろう。同年の「自由市」建設の夢が翻る「珊瑚《さんご》」、翌年の権力闘争の場面を活写する「鳴神」など、革命幻想小説群に連なってゆくことも明らかだ。それらのうちに権力に魔が忍び寄る気配が窺えるなら、弓（武）とエロスと歌や彫刻（芸術）とが綾《あや》なす傑作『紫苑《しおん》物語』（一九五六年）への射程も、さらにその先に『荒魂』にフラワー・チルドレンが登場することなども見通せよう。いや、急《せ》いてはなるまい。石川淳作品史は、まだ途上。この先も変幻自在に幻影の襞《ひだ》を深め、柔軟に変化に富んだ軌跡を描いてゆくにちがいない。

註

＊1　『石川淳研究』（明治書院、一九八七年）、『石川淳伝説』（右文書院、二〇一二年）などがある。

＊2　癩およびレプラは今日、差別用語とされ、一般にハンセン病が用いられる。遺伝性とする長くつづいた迷信は排除して読んでよいだろう。現在では強い伝染性も否定されている。とりわけ第二次世界大戦下の日本で、いまわしい対策がおこなわれたことはよく知られる。この作品にも大西巨人によって「帝国主義的癩政策に奉仕」する姿勢が指摘されたが、読みちがいというべきだろう。これには山口俊雄氏も疑義をはさんでいる。山口俊雄「石川淳『かよひ小町』論―性・思弁・信仰・政治」（「日本女子大学紀要 文学部」第六五号、二〇一六年三月）を参照。

＊3　「読物時事別冊・秋の小説」（時事通信社、一九四八年十月号）に掲載。山口俊雄「資料紹介『石川淳全集』未収録作品『茶番興行花いくさ』」（「昭和文学研究」第五〇集、二〇〇五年三月）を参照。発表時期はズレるが、いよいよ敗戦と決まった時点で肝を据えた随筆風の作と見る。

＊4　若松伸哉氏（現・愛知県立大学准教授）に教示を受けた。「晋風」は、中国・山西省に残留し、国民革命軍に編入された日本軍の部隊で刊行された。

＊5　江戸時代の四民制度とそれをめぐる思想については『日本人の自然観』（作品社、二〇一八年）第九章を参照。

＊6　「写生」をもって俳句を説いたのは高浜虚子である。その虚子も『句集虚子』（改造文庫、一九三〇年）の序に、高野素十の句「朝顔の二葉のどこか濡れゐたる」について「宇宙の全生命を伝へ得たことになる」というみずからの評（「ホトトギス」一九二九年六月号）を引いている。

＊7　小沢書店月報「ポエティカ」第三号、一九九二年（「中村真一郎手帖」第一五号、二〇二〇年）に再掲。

＊8　「『荒魂』—運動する象徴主義」では、生命エネルギーの権化のような佐太のイメージから大正生命主義の復活を論じたが、そこに「宇宙大生命」のような普遍的観念が見られるわけではないので撤回する。ここにライヒのオルゴンを挙げたが、あくまで比喩で、石川淳がライヒ『性と文化の革命』（一九六〇年）などからヒントを得たという意味ではない。

＊9　なおマラルメは、一編の詩をバラバラにして人々に配り、ミサのチャントを真似て順に歌わせる企画を秘かに抱いていた。そうすれば毎回、偶然によって作られる詩が歌われることになる。二十一世紀に入って刊行されたガリマール版『マラルメ全集Ⅱ』で明らかになったことである。清水徹『マラルメの〈書物〉』（水声社、二〇一一年）を参照。

＊10　アラン『散文論』（桑原武夫訳、作品社、一九三三年）が知られていた。

＊11　佐々木基一「新たな生の発端」（一九四七年）（『石川淳 作家論』創樹社、一九七二年に所収）。

＊12　本多秋五「石川淳論」（『戦時戦後の先行者たち』晶文社、一九六三年に所収）。

＊13　この「奇異」は、雑誌初出では「怪奇」だった。山口俊雄『石川淳作品研究——「佳人」から「焼跡のイエス」まで』（双文社、二〇〇五年）四十八ページに指摘がある。

＊14　石川淳「岩野泡鳴」に、泡鳴が西洋の象徴主義を「霊肉一致」思想と「誤解誤訳」したという条がある。これは泡鳴が『神秘的半獣主義』（一九〇六年）や彼のアーサー・シモンズ『芸術における象徴主義』の翻訳書『表象派の文学運動』（一九一三年）に付した序文で述べた、日本主義を含めて独自の象徴主義解釈を指摘したもの。その翻訳文は泡鳴流の名調子ではあるもののシモンズの平易な英語の翻訳に大きな誤訳があるわけではない。念のため。

読書リスト　石川淳作品一二選

「佳人」

「作品」一九三五（昭和十）年五月号掲載。小説家・石川淳のデビュー作。自意識に拘泥するあまり、テーマを決めた小説も書き進められないインテリ青年が語り手にして主人公。彼は東京の東北、田舎の寺の離れを借りて、職にも就かず、ユラとふたりで暮らしているが、世界の臍《へそ》（中心原理）を発見したと騒ぐなど、ユラから精神異常扱いされるばかり。その「わたし」は虚無にとらわれ、ある夜、鉄道自殺を試みて失敗、落ちた川から野獣のごとく這《は》い上がり、ユラの姉で芸者あがりのミサの家をたずね、ユラがミサのパトロンと戯れている現場を垣間見《かいまみ》てしまう。全き自己喪失に陥り、帰宅して寝てしまうが、老母の看病に近所に泊まったミサが翌朝、たずねてきて、「わたし」の本能の歓びを満たしてくれる。この性にまつわるいきさつを書いたものなど、ただの叙述に過ぎない、この醜悪を「奇異」にまで高められれば、自分にも本当の小説が書けるはずと述べ、いや、これはとんだ自惚《うぬぼ》れと自身の願望を茶化して終わる。

文壇ではただひとり、牧野信一が「読売新聞」の「月評」（２）（四月二十七日）で、「名状な

しがたき人間の悩みを」書いて「不思議な魅力に富んだ美しい力作」と絶賛した。（鈴木）

「山桜」

「文藝汎論」一九三六（昭和十一）年一月号掲載。武蔵野《むさしの》のただ中、「わたし」が「若草の上に寝ころび晴れ渡つた空の光にうつらうつらしていてゐる」ところにはじまる。手には国分寺の駅から実業家・吉波善作の家までの略図。昨夜、「あやしい熱に浮かされ」、夜の街にさまよい出て、青山に親戚の元判事をたずねて借金を申し出ると、ここをたずねよと描いてくれたものだった。武蔵野の山桜に誘われ、かつて、その元判事邸の山桜の下で、善作に嫁ぐ前の京子の写真を撮ったことなど思い出すうち、道に迷ったらしい。そこにあらわれた善太郎少年の赤い自転車を追ってスペイン風の屋敷に入ると、ベランダから、こちらを睨《にら》む善作のまなざしを感じ、京子が打たれる音が聞こえた。間近に見た少年の面ざしに自分の相貌をみいだし、衝撃を受けつつ、ベランダに上がり、籐椅子《とういす》に青海波の着物で腰掛けている京子のスケッチにかかったが、首のない女しか描けない。善作から紙幣を渡され、追い払われ、京子が昨年、死んでいたことに気づいた「わたし」は、乗馬服を着て池面を鞭で打ちつづける善作の背中を見ながら茫然《ぼうぜん》と立ち竦《たすく》むしかなかった。夢幻と現実のあわいをたゆたいながら進退窮まるところへと追

い詰められてゆく運びは比類を見ない。（鈴木）

「普賢」

一九三六年、「作品」に四回にわたって連載され、一九三七年の第四回芥川賞を受賞した小説。題名の「普賢」は、白象に趺坐《ふざ》した普賢菩薩《ぼさつ》に救われる「普賢利生記《りしょうき》」の略である。普賢は長らく江口の君（遊女）にやつして表現された。本作品はこの「やつし」「見立て」という構造が骨格となっている。作品中では「現実世界」と「言葉によって書かれつつある世界」のふたつが対《つい》になり、同時に進む。主人公の「わたし」が日々を暮らすのが現実世界で、「わたし」のまわりには色欲と政治と金銭が絡みついてくる。しかし同時に、そういう「わたし」が伝記を書き続けている十五世紀フランスの作家クリスティヌ・ド・ピザンは、ジャンヌ・ダルクについて書いた。そのピザンとジャンヌ・ダルクの関係を、「わたし」は「文殊と普賢」の関係であると見抜く。文殊と普賢の中国における「やつし」は拾得《じっとく》と寒山だ。その拾得は「わたし」であり、寒山は「庵文蔵」と読める。すなわちクリスティヌ・ド・ピザン＝拾得＝文殊＝「わたし」、ジャンヌ・ダルク＝寒山＝普賢＝庵文蔵という構図が、「現実世界」と「書かれつつある世界」を貫く構造として設定されている。「わたし」は文蔵の妹のユカリに心奪われているが、ユカリはまさにジャンヌ・ダルクの革命物語世界と、現実の政治世界とに引き裂かれ、ついに政治に堕《だ》してゆく。「わたし」は、私の分身である庵文蔵・ユカリという内部の退廃から脱却し、「普賢」すなわち「言葉」に出会い、そこからもう一度出発しようとする。作者はジッドの『贋金《にせがね》つくり』の翻訳者でもあった。作中に「贋金つくり」という作品が登場し主人公がそれを書き続ける方法は、「普賢」の複層的な構造に影響を与えたと思われる。

（田中）

「マルスの歌」

文芸雑誌「文学界」一九三八（昭和十三）年一月号に掲載されるも、反戦的ということで雑誌がまるごと発売禁止に。石川淳の反体制ぶりを象徴する作品とひとまずは言える。だが、きちんと読んでみると、実はそれほど単純に反戦・反体制とも言い難いことに気づかされる。

一九三七年七月に勃発した日中戦争下、南京《ナンキン》（中華民国政府）の陥落に向けてすごろくを進めるべく次々と応召兵が送り出され、街中に軍歌が響き渡る銃後の非日常＝日常がこの作品の舞台。音楽や映画を活用したメディア動員のみならず、普通の人々が醸し出す同調圧力にも曝《さら》された語り手の「わたし」が、従妹《いとこ》の突然の自殺や応召する従妹の夫の妙な躁《そう》状態など、身近な人物の異変に接しつつ徐々に違和感を強めてゆくさまが描かれている。
江戸時代の狂詩を引き合いに出して、自分のほうがおかしいのではないかという戸惑いも書き込まれており、揺るがぬ反戦思想といったものが提示されているわけでは決してない。むしろ、同調圧力のなかで自分も含めた普通の人々が少しずつおかしくなってしまうという群衆心理の異常性が描き込まれているところこそが、この作品の真骨頂である。
コロナ禍のなか、政治の愚劣とともに同調圧力が強烈に作動している今、ぜひとも読んでおきたい作品である。

（山口）

「江戸人の発想法について」

「思想」（岩波書店）一九四三（昭和十八）年三月号掲載の江戸文化論。一九四七年『文学大概』（中央公論社）に収録された。江戸文化の「仕掛」「方法」「構造」を明示した、それまでもそれ以後もない傑出した江戸文化論である。「仕掛」の基本は「転換の仕掛」だ。なにが転換するのか。歴史上の実在が、江戸時代の現実生活上の象徴に転換し、生活上に現象する。江戸時代に実在した「お竹」という女性が大日如来であったという都市伝説は、江口の遊女が普賢菩薩である、という過去における「変相の仕掛け」が、時代を超えて持ち越され（すなわち転換され）た結果である。この普賢菩薩↓江口、大日如来↓お竹という変相は「やつし」であり「俗化」「俳諧化」である。江口↓普賢菩薩、お竹↓大日如来は「見立て」である。この方法は入れ子構造になっており、江口↓お竹という時代を超えた転換もまた、「俗化」「俳諧化」である。実は本論の目的はその「俳諧化」という言葉から「天明狂歌」を「文学様式上の新発明」として論ずることであった。天明狂歌『万載狂歌集』は『古今和歌集』の俳諧化であり、天明狂歌そのものが『古今和歌集』の精神の転換的運動であると論ずる。しかし本論はその目的である天明狂歌論を超えて、論ずることが難しかった江戸文化全体の方法を的確に言い表し得た評論である。

（田中）

「焼跡のイエス」

「新潮」一九四六（昭和二十一）年十月号掲載。上野のヤミ市（アメ横）にヤミの煙草《たばこ》を買いに寄った「わたし」が、「ボロとデキモノとウミ」をまとった少年（戦争孤児）に目をつけられ、追跡され、襲われ、金品をかっぱらわれるというのがこの作品のあらすじだが、タイトルのシュールな取り合わせにあるような〈焼跡の少年がイエスである〉という認識は、実はあくまでも語り手「わたし」の幻視・認知的操作でしかない。なぜこんなアクロバティックな認知的操作をおこなわなければならないのかと考えさせるのがこの作品のミソである。

ヤミ市を取り仕切る男も含め周囲の者は遠巻きに追い払うのが精一杯というほど少年があまりに異形で周囲と隔絶しているのが、イエスへの見立ての発端だが、そこには戦争孤児に対する大人の責任放棄、後ろめたさといった敗戦直後の政治的社会的倫理的……数え切れないほどの重層的な問題が濃縮されている。〈人類の罪をあがなう焼跡のイエス〉というイメージはそこから導き出される。

当時一般的だった同情や憐《あわ》れみのまなざしや不良化防止策といった社会防衛的なまなざしとはまったく異なった水準で戦争孤児を受け止めた（すなわち、取っ組み合って、言わばハグした）この作品の倫理的な強度をぜひとも味わっておきたい。（山口）

「かよひ小町」

「中央公論」一九四七（昭和二十二）年一月号掲載。「いくさがをはって一年目の秋口」と作中にある。東京大空襲で六本木のアパートを焼け出された石川淳は、イモとイワシを闇値で東京に供給する船橋の友人宅に転がりこみ、そこでの見聞をもとに書きついだ六編ほどの短編小説のひとつで、短編集『かよひ小町』（一九四七年）の標題作。売文稼業で身を立てている語り手はみずから「無頼」と称する、いわゆるインテリ・ヤクザで、宵の口、省線の駅へ向かう途中、追い抜いて行った若い女ふたりのうちのひとり、芸妓・染香《そめか》のあとをつけ、省線で東京方面へ三つ目の駅（市川）で降りて、彼女とその夜、枕を交わすが、その乳房に見た赤い斑点を癩病《らいびょう》の兆候と認め、彼女とカトリック教会で結婚式を挙げると決心し、翌朝、口説きにかかる。昨夜、追い抜いて行ったもうひとり、牧場の乙女の「よっちゃん」は、翌朝、染香と戻った駅頭で、共産党の代議士を迎えるデモの先頭で赤旗を振っている。染香は、連中のなかに彼女の恋人がいるというが、「よっちゃん」にも惹《ひ》かれる語り手は戦後の共産党をインチキと見て、それを認めようとしない。デモ隊が視界から消え、教会へ向かう道すがら、鐘の音を聴きながら語り手は染香と唇を交わす。（鈴木）

「紫苑物語」

「中央公論」一九五六（昭和三十一）年七月号掲載。「国の守《かみ》は狩を好んだ。」という簡潔な一文ではじまるこの作品は、代々の歌の家に生まれた宗頼が歌を捨て、弓矢の腕を磨くことに熱中し、「知の矢」から「殺の矢」へ、やがてさらに「魔の矢」を編み出し、その矢によって岩に彫られた仏を射るとともに滅びてゆくという一代記で、すこぶる明快なプロットである。

この明快なプロットが、分身譚《たん》、異類婚（人獣婚）譚、成長物語、悪漢《ピカレスク》物語、修行階梯論《かいていろん》、ヘーゲル弁証法といった種々の〈型〉や、都／遠国、岩山のかなた／こちら側、父／子、師匠／弟子、歌／弓、人／荒ぶる神、殺生／ほとけ、悪鬼／大悲の慈顔、荒御魂《あらみたま》／和御魂《にぎみたま》、紫苑／わすれ草、うつろ姫／千草、といったさまざまな〈二項対立〉によって支えられており、言わば〈物語の定型の集大成〉とも言えるような作品となっているが、この説話的な作品の最大の魅力は、そうした物語内容を載せる文章、その文体にある。

石川淳作品を評する定型句に〈精神の運動〉という石川自身も用いた表現があり、濫用すれば単なる同語反復《トートロジー》に陥ってしまいかねないが、こと「紫苑物語」の魅力を語るにはぴったりな言葉だと言うほかない。ぜひとも、石川が紡ぐ〈精神の運動〉を、その遅滞なきスピーディーな運動を体験しておきたい。

（山口）

「**荒魂**」

「新潮」一九六三（昭和三十八）年一月～一九六四年五月号掲載。一九六四年刊。講談社文芸文庫、一九九三年刊。

「佐太がうまれたときはすなわち殺されたときであった」とはじまる。山村に生まれてすぐ生き埋めにされ、何度、殺されても地中で生き延びた赤子が独力で這い出て成長し、姉ふたりをはじめ、村の娘どもを犯し、怖《おそ》れられた。この原始的生命エネルギーの権化ともいうべき主人公が、一九六四年のオリンピックに備え、東北などから肉体労働者《ニコヨン》が出稼ぎに集まった東京を舞台に大活躍する長編物語。それは他方、ヴィルヘルム・ライヒの唱えたセクシュアル・レボリューションの息吹が広がりはじめた時期にあたり、日本神話にいう「荒魂」にして「和魂《にぎたま》」の化身として佐太の発散する性のエネルギーが、男女の同性愛やサド・マゾヒズム、サバトの饗宴《きょうえん》など破廉恥な性の場面をあふれさせる。それに一大コンツェルンを率いる財閥の野望と日本の文化論が交錯し、財閥のクーデター計画に佐太が立ち向かう動きがメインストーリーをなすが、佐太の率いる勢力は、一九六〇年代後半、アメリカ西海岸に盛んになるフラワーチルドレン運動を先取りしたかのような感があろう。（鈴木）

「**天馬賦**」

一九六九（昭和四十四）年、文芸誌「海」（中央公論社）に三回にわたって連載された小説。「賦」とは漢語で詩歌のこと。天馬はギリシャ神話に登場する翼のある馬ペガサスだ。テーマは「絶対自由」である。しかしここで「自由」は民主主義や社会主義のこととして語られるのではない。「アナバプティズム運動」すなわち、教会組織としてのキリスト教を拒否し、イエス・キリストの生き方とその共同体に戻ることを主張する運動を通して語られる。この運動をする人々は黙示録の世界に信仰を移す。そのアナバプティズムについて講演をしたり書いたりしている高齢の瓦大岳と、一緒に暮らすイヅミという大学生の孫が中心だ。イヅミは家の大部屋に若者たちを集めている。若者たちは一九六〇年代末の学生運動の活動家である。瓦大岳は、政府の支配の手段はテロリズムであるから政府というものに消えてもらうしかない、と言う。「絶対自由」を、無政府主義のもとでしか成り立たない運動として語るのだ。したがって学生運動の背後にある党派はもちろん、いかなる組織も自由にとっては敵である。「絶対自由の精神は権力といふものをにくむ」からだ。絶対自由の実現は、孤立した者どうしの破壊力の自発的集結にしかない。それを「天馬賦」では飛剣として表現した。イヅミは顔を切られながらも、運動のままに次の世界に移って行き、まさに「天馬」となる。この作品では「精神の運動」と「絶対自由」の関係が明確に見える。同時に、石川淳が当時、学生運動を単なる組織の運動と見抜いていたことがわかる。

（田中）

『江戸文学掌記《しょうき》』

「新潮」一九七七（昭和五十二）年四月〜一九八〇年二月号掲載（原題「夷斎《いさい》華言」「続夷斎華言」）。『江戸文学掌記』新潮社、一九八〇年刊。

古典籍から起筆する形式の八編。ただし、江戸「文学」という題が想起させる著名作を論じたものではない。冒頭の「遊民」は、天明狂歌師のひとり、宿屋飯盛《やどやのめしもり》に後年の書籍が与えたこの肩書きに「精神の自由」の残滓《ざんし》をみいだす一編。「百人選」は写本で流布した『歌俳百人選』という書が、身分もさまざまな人々の作を収めることに泰平の治世を見る。伝説化した武士の逸話を記す写本から説き起こす「山家清兵衛《やんべせいべえ》」。文人墨客が遊んだ向島の百花園主人の刊行した書に往時を偲《しの》ぶ「墨水遊覧」。「山東京傳《さんとうきょうでん》」は本人に寄り添って洒落本《しゃれぼん》、考証随筆を論じ、「横井也有《やゆう》」はこの人に惹かれて文集を出版した大田南畝《なんぽ》の視点に誘われるように、その遊びの「自由」を称揚する。江戸の人士が愛した、芭蕉《ばしょう》の高弟に対する贔屓《ひいき》の弁「其角《きかく》」、そして掉尾《とうび》「長嘯子《ちょうしょうし》雑記」は、江戸時代初期の異色の歌人木下長嘯子の和歌の羈絆《きはん》にしばられない自由な境地を語る。書物や対象の選び方に石川が敬愛した大田南畝の視点を覗《のぞ》かせるが、題の「掌記」そのものが、石川自身、三点残る自筆本のうちの一点を所持した南畝の年ごとの備忘録から採ったことはほぼ確実であろう。石川が〈江戸〉に見た「自由」の終着点を見定めるのに必読の書。

（小林）

「**狂風記**」

「すばる」一九七一（昭和四十六）年〜一九八〇年掲載。『狂風記』上下巻、集英社、一九八〇年刊。

死者の骨を探す少年マゴと、ヒメと呼ばれる女は堆《うずたか》くゴミが積み上げられた処分場「裾野」で出会う。ふたりは古代のイチノベノオシハノミコと幕末の長野主膳とその妾《めかけ》の村山たか女という謀略のなかでむごたらしく殺されたものたちの怨念の系譜を引く者であった。マゴとヒメは、ヒメの率いる「リグナイト葬儀社」という世の中から弾き出されたはみ出し者たちを集めたグループを引き従え、怨霊の力を操りながら現代社会の闇に挑んでいく。

事は柳商事社長の柳鉄三の死体が「裾野」に捨てられたのを、マゴとヒメが目撃したことからはじまる。鉄三は実は殺されたのではなく腹上死であり、死体を「裾野」に遺棄したのは、鉄三の甥《おい》である柳安樹、トップ屋の桃屋初吉、黒人の父と日本人の母を持つ少年エディのゴロツキ三人組だった。社長の座を狙う柳商事専務で初吉の兄である桃屋義一と秘書であり義一の恋人の新川眉子。これらを通して財界の黒幕である鶴巻大吉を中心に、政界進出を狙う憲法学者の鶴巻小吉、右翼の大物の森山石城、土建屋社長の玉利三郎の一群にたどり着き、ヒメ、やくざあがりのシマ、不良娘のさち子とマヤの「リグナイト葬儀社」一群が、最終的に戦うべき相手として地上での争いを挑んでいく。その地上での争いに呼応するかのように、オシハノミコの生まれ変わりであるとヒメに告げられて覚醒したマゴは、「裾野」の地下深く〈怨霊の国〉へと向かい、地上と地下、現代と古代が入り交じるなかで、「千年前の世界に立ちかえるとは、千年後の世界の幕をあけるにひとしい」と時間と空間を超越した境地へと至る。

「狂風記」は九年の歳月をかけて完成した、石川淳最大の長編小説であり、「現代の八犬伝」とも称され、文学の可能性を切《き》り拓《ひら》いた、現代文学の前衛に立つものとして高く評価されている。

（帆苅）

おわりに

山口俊雄

本書は、二〇一九年十二月二十七日に日本女子大学目白キャンパスで開催された文学部・文学研究科学術交流企画シンポジウム「一九八〇年代の〈石川淳〉と〈江戸〉」の研究発表者・シンポジストに、当日の発表内容をふまえて執筆してもらった論考をまとめたものである。

年の瀬が押し詰まった時期の開催ということもあり来聴者多数とはいかなかったが、石川淳生誕百二十年にあたる年の、石川の命日十二月二十九日に近い日付で、そして新型コロナウィルスが猖獗《しょうけつ》を極める前のぎりぎりのタイミングで〈対面〉で開催できたのは幸運であった。その後、まもなく学内外の学術シンポジウムが次々と開催中止になったり、オンラインでの開催に切り替えられたりしていった。石川淳のご子息・石川眞樹氏にご来聴頂けたことも、企画者としては嬉《うれ》しいことであった。

新書という形で出すということもあり、石川淳に不案内な人たちにも読んでもらえるよう敷居を低くする工夫はしたつもりだが、内容を薄めるようなことは一切していない。シンポジウムの熱気と内実をふまえつつ、さらに論点を掘り下げ、視野を広げたものとなっているはずである。

石川淳が読み継がれていってほしい、いや、石川淳はこんなにおもしろいのだから読み継がれなくてどうするのだというのが編者をはじめ本書の執筆者全員の思いであるが、大状況として人文系の知への軽視・蔑視が世界的規模で進行するなか——わが国における学習指導要領の改訂で高等学校の国語科教科書から文学教材が大幅削減されることなどもこの動向に添ったものだろう——、とにかく作品が読み継がれるという一線をどう死守するか。そんな問題意識と不可分なところで本書は企画された。

読み継がれることへの期待につながりそうなエピソードをひとつ紹介しておきたい。

昨年度、勤め先の卒論指導学生二十名のうちふたりが石川淳を取り上げた。「山桜」におけるオノマトペの多用に徹底的にこだわったSさんと、「処女懐胎」の図像性に着眼したEさん。講義で取り上げてコメントを書かせると異口同音に「難解だ」からはじまることになる石川淳作品に果敢にも卒業論文でチャレンジしたこのふたりに提出後の感想を尋ねたところ、「せっかく卒業論文を書く以上、ひっかかりが多い作家・作品にこそやりがいを感じるので石川淳を選んだ」、「卒業論文なのだから、抵抗感、嚙み応えがないとおもしろくないと思って石川淳にした」と返ってきた。

「ひっかかり」「噛み応え」――ふたりの卒業論文へのやる気・熱意に拍手を送りつつ、そうだった、難しいけどおもしろい、難しいからおもしろいのが石川淳だった、とかれこれ三十年ほど前に自分自身が卒業論文を書く時に感じていた大事なことを思い出させてもらった。

Sさんは教育関連の業界に進み、Eさんはデジタルゲーム業界に強い関心を持っているとのことで、それぞれの分野できっと石川作品の〈読み継がれ〉に寄与してくれるものと期待せずにはいられない。

この本を手に取った読者の皆さんにも〈読み継がれ〉のリレーに参加してもらえるならば、これほど嬉しいことはない。

最後に、シンポジウム会場に同席してライブの空気を踏まえた上で、それをどのように新書という形にしてゆくか、本書の完成に向けて要所要所で大事な促しを下さった担当編集者・伊藤直樹さんにお礼申し上げます。

参考文献

第一章

喜多條忠編『ちょっと長い関係のブルース—君は浅川マキを聴いたか』実業之日本社、二〇一一年
山東京傳全集編集委員会編『山東京傳全集』第一八巻、ぺりかん社、二〇一二年

第二章

石川淳・田中優子「蜀山人のことなど」(『文学』第五五巻第七号、一九八七年)
石川了「『天明狂歌』名義考」(『江戸狂歌壇史の研究』第一章第六節、汲古書院、二〇一一年、初出二〇〇五年)
井田太郎「〈実証〉という方法—〈近世文学〉研究は江戸時代になにを夢みたか」(井田太郎・藤巻和宏編『近代学問の起源と編成』勉誠出版、二〇一四年)
揖斐高「石川淳と江戸文学—書かれなかった蜀山人論」(『国文学　解釈と鑑賞』第五七巻第一〇号、一九九二年)
加藤定彦「やつしと俳諧」「やつしと庭園文化」(人間文化研究機構国文学研究資料館編『図説「見立」と「やつし」　日本文化の表現技法』第二章、八木書店、二〇〇八年、初出各二〇〇二年・二〇〇五年)
近衛典子「寛政年間の秋成のこと二、三—秋成の著書廃棄・秦良との交流」(『駒澤国文』第四九号、二〇一二年)

小林勇「天明風浅見」（『国語国文』第五五巻第九号、一九八六年）
同「安永・天明の江戸文壇」（久保田淳ほか編『岩波講座日本文学史』第九巻、岩波書店、一九九六年）
小林ふみ子「天明狂歌の狂名について」（『天明狂歌研究』第一章第一節、汲古書院、二〇〇九年、初出二〇〇四年）
信多純一「にせ物語絵　『伊勢物語』近世的享受の一面」（『にせ物語絵―絵と文・文と絵』平凡社、一九九五年、初出一九七九年）
菅竹浦『近世狂歌史』中西書房、一九三六年
鈴木俊幸「狂歌界の動向と蔦屋重三郎」（『蔦屋重三郎』V章、若草書房、一九九八年、初出一九九一年）
関口雄士「〈江戸〉をつくりあげた石川淳」（法政大学江戸東京研究センター小林ふみ子・中丸宣明編『好古趣味の歴史―江戸東京からたどる』文学通信、二〇二〇年）
立石伯「躍動する『風狂』のアラベスク―石川淳における青春と老年のかたち」（『老いの愉楽―「老人文学」の魅力』東京堂出版、二〇〇八年）
田中優子『江戸の想像力―18世紀のメディアと表徴』第二章、筑摩書房、一九八六年
中野三敏『江戸文化評判記―雅俗融和の世界』中公新書、一九九二年
野口武彦「『やつし』の美学」（『石川淳論』筑摩書房、一九六九年）
延広真治「解説」（淡島寒月『梵雲庵雑話』岩波文庫、一九九九年）
濱田義一郎『蜀山人』青梧堂、一九四二年
藤井乙男編『歌謡俳書選集十　蜀山家集』文献書院、一九二七年

森銑三監修、肥田晧三・中野三敏編『日本書誌学大系23（2）三村竹清集二』青裳堂書店、一九八二年
森銑三『森銑三著作集』第一巻・『同続編』第六巻、中央公論社、一九七〇年・一九九三年
山口俊雄「『マルスの歌』論」（『石川淳作品研究―「佳人」から「焼跡のイエス」まで』第二部第五章、双文社出版、二〇〇五年、初出一九九八年）
同「石川淳『狂歌百鬼夜狂』論―狂歌・フランス文学・戦争」（「日本女子大学紀要　文学部」第六六号、二〇一七年）
山口昌男『「敗者」の精神史』「4　明治大正の知的バサラ」岩波書店、一九九五年、のち岩波現代文庫所収
山本和明「稀書翫味の交遊圏（二）」（「相愛大学研究論集」二八巻、二〇一二年）
渡辺喜一郎「石川淳評伝的ノオト（一）作家的出発以降―」（『石川淳伝―昭和10年代20年代を中心に』第Ⅱ部、明治書院、一九九二年、初出一九八八年）

第三章

安引宏「石川淳『狂風記』執筆開始まで」（「読書情報」一九八〇年第九号）
奥野健男「『狂風記』と石川淳文学」（「サンケイ新聞」一九八〇年十月三十日）
柄谷行人編『近代日本の批評・昭和篇〔上〕』福武書店、一九九〇年
塩沢実信『売れば文化は従いてくる―出版12社の戦略と商魂』日本経済評論社、一九八五年
鈴木貞美「『昭和文学』の成熟」（井上靖ほか編『昭和文学全集』別巻、小学館、一九九〇年）

田中優子『江戸の想像力—18世紀のメディアと表徴』筑摩書房、一九八六年
蓮實重彦『小説から遠く離れて』日本文芸社、一九八九年
花田清輝『日本のルネッサンス人』朝日選書、一九七五年
舟橋聖一『花の生涯』新潮社、一九五三年
水城顕「晩年点描」（『すばる』石川淳追悼記念号、一九八八年四月臨時増刊）
「手帳—季刊文芸誌相つぎ発刊」（『読売新聞』一九七〇年四月四日夕刊）

第四章

浅子逸男「小説の中の小説、小説の中の芝居—石川淳『マルスの歌』によせて」（『花園大学国文学論究』第一七号、一九八九年十月）
加藤周一「二・二六事件」（『羊の歌』岩波書店、一九六八年）
同「孫子再訪」（『夕陽妄語3　２００１—２００８』ちくま文庫、二〇一六年、二八五ページ）
警保局図書課『出版警察報　第百十号』㊙文書、一九三八年（複製版、不二出版、一九八二年）
小林秀雄「文学と自分—文芸銃後運動講演」（『中央公論』第五五巻第一一号、一九四〇年十一月）
辺見庸『永遠の不服従のために』毎日新聞社、二〇〇二年
同『抵抗論—国家からの自由へ』毎日新聞社、二〇〇四年
同『いまここに在ることの恥』毎日新聞社、二〇〇六年
同『瓦礫の中から言葉を—わたしの〈死者〉へ』ＮＨＫ出版新書、二〇一二年

ピーター・B・ハーイ『帝国の銀幕―十五年戦争と日本映画』名古屋大学出版会、一九九五年、一三六ページ

第五章

青柳達雄『石川淳の文学』笠間選書、一九七八年
安藤精一『近世公害史の研究』吉川弘文館、一九九二年
佐々木基一「新たな生の発端」（一九四七年、『石川淳 作家論』創樹社、一九七二年）
鈴木貞美『梶井基次郎の世界』作品社、二〇〇一年
同『入門 日本近現代文芸史』平凡社新書、二〇一三年
同『「文藝春秋」の戦争―戦前期リベラリズムの帰趨』第三章、筑摩選書、二〇一六年
同『「日記」と「随筆」―ジャンル概念の日本史』臨川書店、二〇一六年
同『日本の「文学」概念』作品社、一九九八年
同『「日本文学」の成立』作品社、二〇〇九年
同「明治期言文一致再考―二葉亭四迷『余が言文一致の由来』を読みなおす」（『季刊 iichiko』第一四八号、二〇二〇年秋）
同『日本人の自然観』第九章二、作品社、二〇一八年
同『「死者の書」の謎―折口信夫とその時代』第四章、作品社、二〇一七年
鈴木俊幸『江戸の読書熱―自学する読者と書籍流通』平凡社選書、二〇〇七年

鈴木登美「ジャンル・ジェンダー・文学史記述」（ハルオ・シラネ・鈴木登美編『創造された古典―カノン形成・国民国家・日本文学』新曜社、一九九九年）
野間宏『サルトル論』河出書房、一九六八年
William Jefferson Tyler *The Bodhisattva or Samantabhadra,* A Novel by Ishikawa Jun, Columbia UV Press, 1990

執筆者略歴（執筆順）

田中優子（たなか・ゆうこ）

一九五二年神奈川県生まれ。法政大学前総長。二〇〇五年紫綬褒章受章。著書に『江戸の想像力 18世紀のメディアと表徴』（ちくま学芸文庫／芸術選奨文部大臣新人賞受賞）、『近世アジア漂流』（朝日文芸文庫）、『江戸百夢 近世図像学の楽しみ』（ちくま文庫／芸術選奨文部科学大臣賞、サントリー学芸賞受賞）、『苦海・浄土・日本 石牟礼道子 もだえ神の精神』『江戸の恋―「粋」と「艶気」に生きる』（集英社新書）、『カムイ伝講義』（ちくま文庫）、『布のちから 江戸から現在へ』（朝日文庫）等多数。

小林ふみ子（こばやし・ふみこ）

一九七三年山梨県生まれ。法政大学文学部日本文学科教授。東京大学大学院人文社会系研究科博士課程修了。博士（文学）。専門は日本近世文学・文化。著

書に『大田南畝　江戸に狂歌の花咲かす』（岩波書店）、『へんちくりん江戸挿絵本』（インターナショナル新書）、共著に『好古趣味の歴史　江戸東京からたどる』（文学通信）、『化物で楽しむ江戸狂歌　『狂歌百鬼夜狂』をよむ』（笠間書院）等がある。

帆苅基生（ほがり・もとお）

一九八二年大阪府生まれで神奈川県で育つ。青山学院大学大学院文学研究科博士後期課程単位取得済退学。青山学院大学非常勤講師等を経て、弘前大学教育学部助教。石川淳の戦後作品を中心とした日本近現代文学を研究。論文に「石川淳『紫苑物語』論〈忘却〉の拒絶」（「青山語文」第四一号）、「石川淳『修羅』論　正史への逆襲」（「坂口安吾研究」第一号）等。

山口俊雄（やまぐち・としお）

一九六六年奈良県生まれ。東京大学大学院人文社会系研究科博士課程修了。博

士（文学）。愛知県立大学日本文化学部国語国文学科准教授を経て、日本女子大学文学部日本文学科教授。著書に『石川淳作品研究「佳人」から「焼跡のイエス」まで』（双文社出版）、編著に『太宰治をおもしろく読む方法』（風媒社）、『日本近代文学と戦争「十五年戦争」期の文学を通じて』（三弥井書店）、共著に『展望 太宰治』（ぎょうせい）、『講座近代日本と漢学 第6巻 漢学と近代文学』（戎光祥出版）ほか。

鈴木貞美（すずき・さだみ）

一九四七年山口県生まれ。東京大学文学部仏文科卒業。国際日本文化研究センター及び総合研究大学院大学名誉教授。著書に『満洲国 交錯するナショナリズム』『日記で読む日本文化史』『入門 日本近現代文芸史』『日本語の「常識」を問う』『日本の文化ナショナリズム』（平凡社新書）、『歴史と生命―西田幾多郎の苦闘』『日本人の自然観』（作品社）、『「生命」で読む日本近代 大正生命主義の誕生と展開』（NHKブックス）、『日本人の生命観 神、恋、倫理』（中公新書）、『自由の壁』（集英社新書）等がある。

本書の引用文については、適宜旧字体を新字体に改め、ふりがなを付した。かな遣いはママとした。石川淳の著述からの引用は『石川淳全集』全一九巻（筑摩書房、一九八九〜一九九二年）を底本とした。

写真＝Kodansha／アフロ（第一、二、三、五章扉）、毎日新聞社／アフロ（第四章扉）
扉デザイン、図版作成＝MOTHER

田中優子（たなか ゆうこ）
法政大学前総長。著書に『江戸の想像力』（ちくま学芸文庫）他多数。

小林ふみ子（こばやし ふみこ）
法政大学教授。著書に『大田南畝 江戸に狂歌の花咲かす』（岩波書店）等。

帆苅基生（ほがり もとお）
弘前大学助教。

山口俊雄（やまぐち としお）
日本女子大学教授。編著に『日本近代文学と戦争』（三弥井書店）等。

鈴木貞美（すずき さだみ）
国際日本文化研究センター、総合研究大学院大学名誉教授。著作多数。

集英社新書一〇六三F

最後《さいご》の文人《ぶんじん》 石川淳《いしかわじゅん》の世界《せかい》

二〇二一年四月二一日 第一刷発行

著者……田中優子《たなかゆうこ》／小林《こばやし》ふみ子《こ》／帆苅基生《ほがりもとお》／山口俊雄《やまぐちとしお》／鈴木貞美《すずきさだみ》

発行者……樋口尚也

発行所……株式会社集英社
東京都千代田区一ツ橋二‐五‐一〇 郵便番号一〇一‐八〇五〇
電話 〇三‐三二三〇‐六三九一（編集部）
〇三‐三二三〇‐六〇八〇（読者係）
〇三‐三二三〇‐六三九三（販売部）書店専用

装幀……原 研哉

印刷所……大日本印刷株式会社 凸版印刷株式会社

製本所……加藤製本株式会社

定価はカバーに表示してあります。

ISBN 978-4-08-721163-4 C0291 Printed in Japan

a pilot of wisdom

文芸・芸術——F

a pilot of wisdom

- 原節子、号泣す　末延芳晴
- 日本映画史110年　四方田犬彦
- 読書狂《ビブリオマニア》の冒険は終わらない！　三上延　倉田英之
- 文豪と京の「庭」「桜」　海野泰男
- アート鑑賞、超入門！ 7つの視点　藤田令伊
- なぜ『三四郎』は悲恋に終わるのか　石原千秋
- 荒木飛呂彦の漫画術　荒木飛呂彦
- 盗作の言語学 表現のオリジナリティーを考える　今野真二
- 世阿弥の世界　増田正造
- ヤマザキマリの偏愛ルネサンス美術論　ヤマザキマリ
- テロと文学 9・11後のアメリカと世界　上岡伸雄
- 漱石のことば　姜尚中
- 「建築」で日本を変える　伊東豊雄
- 子規と漱石 友情が育んだ写実の近代　小森陽一
- 安吾のことば 「正直に生き抜く」ためのヒント　藤沢周 編
- いちまいの絵 生きているうちに見るべき名画　原田マハ
- 松本清張「隠蔽と暴露」の作家　高橋敏夫

- 私が愛した映画たち　吉永小百合　取材・構成 立花珠樹
- タンゴと日本人　生明俊雄
- 源氏物語を反体制文学として読んでみる　三田誠広
- 堀田善衛を読む 世界を知り抜くための羅針盤　池澤夏樹 ほか
- 三島由紀夫 ふたつの謎　大澤真幸
- 慶應義塾文学科教授 永井荷風　末延芳晴
- レオナルド・ダ・ヴィンチ ミラノ宮廷のエンターテイナー　斎藤泰弘
- モーツァルトは「アマデウス」ではない　石井宏
- 「井上ひさし」を読む 人生を肯定するまなざし　小森陽一　成田龍一 編著
- 百田尚樹をぜんぶ読む　杉田俊介　藤田直哉
- 北澤楽天と岡本一平 日本漫画の二人の祖　竹内一郎
- 音楽が聴けなくなる日　宮台真司　永田夏来　かがりはるき
- 谷崎潤一郎 性慾と文学　千葉俊二
- 英米文学者と読む「約束のネバーランド」　戸田慧
- 苦海・浄土・日本 石牟礼道子 もだえ神の精神　田中優子
- 万葉百歌 こころの旅　松本章男
- 拡張するキュレーション 価値を生み出す技術　暮沢剛巳

a pilot of wisdom

それでも僕は前を向く　大橋巨泉
体を使って心をおさめる　修験道入門　田中利典
百歳の力　篠田桃紅
ブッダをたずねて　仏教二五〇〇年の歴史　立川武蔵
イスラーム　生と死と聖戦　中田　考
「おっぱい」は好きなだけ吸うがいい　加島祥造
アウトサイダーの幸福論　ロバート・ハリス
科学の危機　金森　修
出家的人生のすすめ　佐々木閑
科学者は戦争で何をしたか　益川敏英
悪の力　姜　尚中
生存教室　ディストピアを生き抜くために　内田　樹　光岡英稔
ルバイヤートの謎　ペルシア詩が誘う考古の世界　金子民雄
感情で釣られる人々　なぜ理性は負け続けるのか　堀内進之介
永六輔の伝言　僕が愛した「芸と反骨」　矢崎泰久・編
淡々と生きる　100歳プロゴルファーの人生哲学　内田　棟
若者よ、猛省しなさい　下重暁子

イスラーム入門　文明の共存を考えるための99の扉　中田　考
ダメなときほど「言葉」を磨こう　萩本欽一
ゾーンの入り方　室伏広治
人工知能時代を〈善く生きる〉技術　堀内進之介
究極の選択　桜井章一
母の教え　10年後の『悩む力』　姜　尚中
一神教と戦争　橋爪大三郎　中田　考
善く死ぬための身体論　内田　樹　成瀬雅春
世界が変わる「視点」の見つけ方　佐藤可士和
いま、なぜ魯迅か　佐高　信
人生にとって挫折とは何か　下重暁子
全体主義の克服　マルクス・ガブリエル　中島隆博
悲しみとともにどう生きるか　柳田邦男　若松英輔ほか
原子力の哲学　戸谷洋志
退屈とポスト・トゥルース　マーク・キングウェル　上岡伸雄・訳
「利他」とは何か　伊藤亜紗・編
はじめての動物倫理学　田上孝一